TRANZLATY

La Langue est pour tout le Monde

Мова для всіх

La Métamorphose

Перевтілення

Franz Kafka
Франц Кафка

Français
Українська

Copyright © 2026 Tranzlaty
All rights reserved
ISBN: 978-1-83566-902-0
Die Verwandlung
Franz Kafka, 1915

www.tranzlaty.com

Première partie

Частина перша

Gregor Samsa se réveilla un matin après des rêves agités.

Одного ранку Грегор Замза прокинувся від тривожних снів.

Il se retrouva dans son lit, incapable de bouger.

Він опинився у своєму ліжку, але не міг поворухнутися.

Il avait été transformé en un monstre vermineux.

Він перетворився на жахливу тварюку.

Il était allongé sur le dos, une carapace dure comme une armure.

Він лежав на спині, яка була тверда, як обладунки.

En relevant légèrement la tête, il pouvait voir son ventre.

Трохи піднявши голову, він міг побачити свій живіт.

Mais son ventre était bombé et divisé en segments.

Але його живіт був опуклим і розділеним на сегменти.

La couverture reposait sur son ventre arrondi.

Ковдра лежала на його округлому животі.

Mais la couverture était sur le point de glisser complètement.

Але ковдра мало не сповзла повністю.

Ses jambes étaient pitoyables comparées à leur taille habituelle.

Його ноги були жалюгідні порівняно зі своїм звичайним розміром.

Et ses nombreuses pattes s'agitaient impuissantes devant ses yeux.

А його численні ноги безпорадно миготіли перед очима.

« Que m'est-il arrivé ? » se demanda-t-il.

«Що зі мною сталося?» — подумав він сам собі.

Mais ce n'était pas un rêve dont il ne pouvait se réveiller.

Але це не був сон, від якого він не міг би прокинутися.

Il se trouvait bel et bien dans sa propre chambre.

Це справді була його власна кімната, в якій він опинився.

Une vraie chambre pour des humains, mais un peu trop petite.

Справжня кімната для людей, але трохи замала.
Il gisait tranquillement entre les quatre murs bien connus.
Він тихо лежав між чотирма добре знайомими стінами.
Sur la table se trouvait une collection d'échantillons de textiles.
На столі стояла колекція зразків текстилю.
Samsa était un vendeur ambulant, d'où les échantillons.
Замза був комівояжером, звідси й зразки.
Au-dessus des échantillons de textile désassemblés se trouvait une image.
Над розібраними зразками текстилю була картина.
Il avait récemment découpé la photo dans un magazine.
Він нещодавно вирізав цю картинку з журналу.
Il avait placé le tableau dans un joli cadre doré.
Він помістив картину в гарну позолочену рамку.
Le tableau encadré représentait une dame assise bien droite.
На обрамленій картині була зображена жінка, яка сидить прямо.
Elle portait un chapeau de fourrure et un manchon de fourrure.
На ній була хутряна шапка, а на голові — хутряна муфта.
Elle levait la main en direction du spectateur.
Вона підняла руку до глядача картини.
Son avant-bras entier disparaissait dans son épais manchon de fourrure.
Усе її передпліччя зникло у важкій хутряній муфті.
Gregor regarda par la fenêtre le temps maussade.
Грегор дивився у вікно на похмуру погоду.
On pouvait entendre les grosses gouttes de pluie frapper la fenêtre.
Було чути, як важкі краплі дощу б'ються об вікно.
Le temps gris le rendait très mélancolique.
Сіра погода викликала в нього сильну меланхолію.
« Et si je dormais un peu plus longtemps ? » pensa-t-il.
«А як щодо того, щоб я поспав трохи довше?» — подумав він.

« Dormir davantage m'aiderait peut-être à oublier ces
bêtises. »
«Більше сну може допомогти мені забути цю
нісенітницю».
Mais dormir plus longtemps était totalement impossible.
Але спати довше було абсолютно неможливо.
Parce qu'il avait l'habitude de dormir sur le côté droit.
Бо він звик спати на правому боці.
Mais son état actuel l'empêchait d'effectuer ses mouvements
habituels.
Але його нинішній стан заважав йому здійснювати
звичайні рухи.
Il n'avait aucun moyen de se retrouver dans cette situation.
Він не мав жодного способу потрапити в таке становище.
Il fit de son mieux pour se jeter sur son côté droit.
Він щосили намагався перевернутися на правий бік.
Il a probablement tenté ce mouvement une centaine de fois.
Він, мабуть, намагався виконати цей рух сто разів.
Mais il revenait toujours en position couchée sur le dos.
Але він завжди хитався назад у положення лежачи на
спині.
Il ferma les yeux pour ne pas voir ses jambes qui s'agitaient.
Він заплющив очі, щоб не бачити своїх ніжок, що
метушилися.
Finalement, la douleur l'a empêché de réessayer.
Зрештою, біль зупинив його від нової спроби.
Une douleur sourde au flanc qu'il n'avait jamais ressentie
auparavant.
Тупий біль у боці, якого він ніколи раніше не відчував.
« Oh mon Dieu », pensa désespérément Gregor Samsa.
«О Боже», — відчайдушно подумав про себе Грегор Замза.
« Quel métier pénible j'ai choisi ! »
«Яку ж важку професію я собі обрав!»
« Je dois voyager tous les jours pour le travail. »
«День у день мені доводиться їздити по роботі».
« Le travail de bureau est beaucoup plus facile que le travail
sur la route. »

«Офісна робота набагато легша, ніж робота в дорозі».

« Et j'ai la malédiction de devoir voyager constamment. »

«І в мене є прокляття – мені доводиться подорожувати».

« Toutes ces inquiétudes liées au fait d'être à l'heure pour les trains. »

«Усі ці турботи про те, щоб встигнути на поїзди».

« Mes horaires de repas sont irréguliers et la nourriture est mauvaise. »

«Мій графік прийомів їжі нерегулярний, а їжа погана».

« Mes amis changent constamment de ville. »

«Мої друзі постійно змінюються з міста в місто».

« Mes interactions sont froides et professionnelles. »

«Спілкування зі мною холодне та професійне».

«Que le diable s'amuse avec ce genre de travail !»

«Хай би чорт розважався такою роботою!»

Il ressentit une légère démangeaison en haut de l'estomac.

Він відчув легке поколювання у верхній частині живота.

Il s'appuya contre le montant du lit, le dos contre le sol.

Він притулився спиною до стовпа ліжка.

Il voulait pouvoir mieux lever la tête.

Він хотів мати змогу краще піднімати голову.

Il a trouvé l'endroit qui le démangeait.

Він знайшов місце, яке його турбувало, що свербіло.

Sa tête semblait recouverte de petits points blancs.

Здавалося, що його голова була вкрита маленькими білими цятками.

Il ne pouvait pas dire ce que représentaient ces petits points blancs.

Що це були за маленькі білі цятки, він не міг зрозуміти.

Il avait prévu de toucher l'endroit avec une de ses jambes.

Він планував торкнутися цього місця однією зі своїх ніг.

Mais lorsqu'il toucha l'endroit, il ressentit un étrange frisson.

Але коли він доторкнувся до цього місця, то відчув дивний холодок.

Il a donc immédiatement retiré sa jambe.

Тож він одразу ж відвів ногу з місця.

Il n'avait d'autre choix que d'accepter cette sensation de démangeaison.

Йому не залишалося нічого іншого, окрім як змиритися з відчуттям свербіння.

Et il reprit sa position initiale dans le lit.

І він повернувся до свого попереднього положення в ліжку.

«Se réveiller si tôt rend vraiment stupide.»

«Прокидатися так рано справді робить людину досить дурною».

« Un homme doit dormir suffisamment », pensa-t-il.

«Людина повинна достатньо спати», – подумав він собі.

« Les autres représentants de commerce mènent une vie de luxe. »

«Інші комівояжери живуть розкішним життям».

« Le matin, je transfère les ordres que j'ai reçus. »

«Вранці я передаю отримані замовлення».

« Pendant ce temps, ces messieurs prennent encore leur petit-déjeuner. »

«Тим часом ці панове все ще снідають».

« Imaginez un peu si j'essayais de faire ça avec mon patron. »

«Тільки уявіть, якби я спробував зробити це зі своїм начальником».

«Il me licenciait avant même que j'aie fini mon petit-déjeuner.»

«Він би мене звільнив, перш ніж я закінчу свій сніданок».

« Mais ce ne serait peut-être pas le pire non plus. »

«Але, можливо, це також не було б найгіршим».

«Le problème, c'est que mes parents me freinent.»

«Проблема в тому, що мої батьки мене стримують».

« Sans eux, j'aurais déjà démissionné. »

«Якби не вони, я б уже подав у відставку».

« J'aurais tenu tête au patron et je lui aurais dit. »

«Я б виступив проти начальника і сказав йому».

« Je dirais exactement ce que je pense de lui et de son travail. »

«Я б сказав саме те, що думаю про нього та про цю роботу».

« Il tomberait de son bureau si je lui racontais tout ! »

«Він би з-під столу впав, якби я йому все розповів!»

« Sa façon de s'asseoir à son bureau est très étrange. »

«Дуже дивно, як він сидить за своїм столом».

« Sa façon de parler à ses subordonnés n'est pas correcte. »

«Те, як він розмовляє зі своїми підлеглими, неправильне».

« Et le pire, c'est que son ouïe est très mauvaise. »

«А найгірше те, що в нього такий поганий слух».

«Vous n'avez donc pas d'autre choix que de vous asseoir très près de lui.»

«Тож у вас немає іншого вибору, окрім як сісти дуже близько до нього».

« Cela dit, l'espoir n'est pas encore totalement perdu. »

«Але, попри все це, надія ще не повністю втрачена».

« Je vais économiser cet argent pour rembourser les dettes de mes parents. »

«Я заощаджу гроші, щоб сплатити борг батьків».

« Je ne peux rien faire tant qu'ils lui doivent de l'argent. »

«Я нічого не можу зробити, поки вони ще винні йому гроші».

« Mais une fois la dette remboursée, je le ferai sans aucun doute. »

«Але коли борг буде сплачено, я обов'язково це зроблю».

« Cela prendra probablement encore cinq à six ans. »

«Ймовірно, це займе ще п'ять-шість років».

« Oui, alors la grande séparation aura certainement lieu. »

«Так, тоді велике розлучення обов'язково відбудеться».

« Pour le moment, je dois me lever. »

«Однак, поки що, я мушу встати з ліжка».

« Parce que mon train part à cinq heures. »

«Тому що мій поїзд відправляється о п'ятій годині».

Gregor regarda le réveil qui tic-tac sur la table.

Грегор подивився на будильник, що цокав на столі.

« Père céleste ! » pensa-t-il en regardant l'heure.

«Небесний Отче!» — подумав він, побачивши час.

Six heures et demie étaient déjà passées sans qu'on s'en aperçoive.

Пів на сьому вже тихо минуло.

Et les aiguilles de l'horloge continuaient d'avancer d'elles-mêmes.

А стрілки годинника продовжували рухатися вперед.

Et il était presque sept heures quarante-cinq.

А тепер наближалася без чверті сьома.

« Peut-être que le réveil n'a pas sonné ? » pensa-t-il.

«Можливо, будильник не задзвонив, щоб мене розбудити?» — подумав він.

Depuis son lit, Gregor inspecta le réveil.

Зі свого ліжка Грегор оглянув будильник.

Le réveil était correctement réglé sur quatre heures.

Будильник був правильно налаштований на четверту годину.

Il ne pouvait pas l'expliquer, mais l'alarme avait dû sonner.

Він не міг цього пояснити, але, мабуть, задзвонив будильник.

« Comment ai-je pu dormir sans m'en rendre compte après avoir entendu le réveil ? »

«Як я проспав будильник, не знаючи про це?»

Quand elle sonne, l'alarme fait même trembler les meubles.

Коли дзвонить будильник, навіть меблі трясуться.

Il savait que son sommeil n'avait pas été du tout paisible.

Він знав, що його сон зовсім не був спокійним.

Mais c'est peut-être pour cela que son sommeil était beaucoup plus profond.

Але, можливо, саме тому його сон був набагато глибшим.

Il devait réfléchir à ce qu'il devait faire maintenant.

Йому потрібно було подумати про те, що йому робити зараз.

Le train suivant ne partait qu'à sept heures.

Наступний поїзд відправлявся лише о сьомій годині.

Prendre ce train serait quasiment impossible.

Встигнути на цей поїзд було б майже неможливо.

Et il n'avait pas encore emporté les textiles dont il avait besoin.

І він ще не зібрав потрібних йому текстильних виробів.

Il ne se sentait pas particulièrement frais et agile non plus.

Він також не відчував себе особливо свіжим та спритним.

Il y avait peut-être une chance de monter dans le train.

Можливо, був шанс потрапити на поїзд.

Mais une réprimande du patron était inévitable de toute façon.

Але докір від начальника був неминучим у будь-якому разі.

Le commis aurait pris le train de cinq heures.

Клерк мав би сів на поїзд о п'ятій годині.

Le commis de bureau était une créature sans envergure, à la solde du patron.

Офісний клерк був безхребетною істотою начальника.

L'absence de Gregor aurait donc déjà été signalée.

Тож про відсутність Грегора вже було повідомлено.

« Et si je me faisais porter malade ? » se demandait Gregor.

«А що, як я зателефоную, що хворий?» — розмірковував Грегор.

Mais ce serait extrêmement embarrassant et suspect.

Але це було б надзвичайно незручно та підозріло.

Gregor n'avait jamais été malade pendant la période où il avait travaillé là-bas.

Грегор ніколи не хворів за весь час своєї роботи там.

Et il leur avait déjà consacré cinq années de service.

І він уже дав їм п'ять років служби.

Il y avait de fortes chances que le patron vienne prendre de ses nouvelles.

Цілком імовірно, що начальник прийде перевірити його.

Il amènerait probablement le médecin de l'assurance maladie.

Він, мабуть, приведе лікаря медичного страхування.

Et il blâmait les parents pour la paresse de leur fils.

І він звинувачував би батьків у лінивому сині.

Ils ne pourraient formuler aucune objection à son égard.

Вони не змогли б йому нічого заперечити.

Car pour lui, il n'y avait que deux sortes de travailleurs.

Бо для нього існувало лише два типи працівників.

Soit les ouvriers étaient en parfaite santé, soit ils rechignaient à travailler.

Або робітники були повністю здоровими, або соромилися роботи.

Et aurait-il même tort dans cette analyse de base ?

І чи помилятиметься він навіть у цьому базовому аналізі?

Assurément, dans ce cas précis, son argument était solide.

Звичайно, в цьому випадку у нього був вагомий аргумент.

Malgré son apparence, Gregor se sentait en réalité plutôt bien.

Незважаючи на свій вигляд, Грегор насправді почувався досить добре.

Ce long sommeil inutile l'avait rendu un peu somnolent.

Непотрібно довгий сон зробив його трохи сонним.

Mais à part ça, il ne pouvait pas se plaindre de maladie.

Але крім цього, він не міг скаржитися на хворобу.

Il ressentait même une faim particulièrement forte et saine.

Він навіть відчував особливо сильний і здоровий голод.

Tandis qu'il nourrissait ces pensées, l'horloge sonna de nouveau.

Поки він обмірковував ці думки, годинник знову пробив.

Selon l'alarme, il était alors sept heures moins le quart.

Згідно з будильником, зараз було без чверті сьома.

Et maintenant, on frappa doucement à la porte.

А тепер у двері також тихо постукали.

« Gregor », l'appela quelqu'un – c'était sa mère.

«Грегоре», — хтось покликав його, — це була мати.

« Il est sept heures moins le quart », a-t-elle confirmé en entendant l'alarme.

«Зараз без чверть сьома», – підтвердила вона сигнал тривоги.

« Tu ne voulais pas partir ? » demanda la douce voix.

«Хіба ти не хотів піти?» — спитав ніжний голос.

Gregor eut peur en entendant sa voix répondre.

Грегор злякався, почувши свій голос у відповідь.

Sa voix était toujours la même.

Голос був усе той самий, що й завжди.

Mais une nouvelle sonorité s'était désormais mêlée à sa voix.

Але тепер у його голосі з'явився новий звук.

Un couinement douloureux s'échappa également du plus profond de lui.

З глибини його душі також вирвався болісний писк.

Au début, sa voix semblait former des mots avec clarté.

Спочатку здавалося, що його голос чітко вимовляє слова.

Mais alors, Gregor entendit l'écho mental de sa voix.

Але потім Грегор почув усвідомлене відлуння власного голосу.

L'enregistrement de sa voix s'est interrompu de façon étrange.

Запис його голосу дивним чином обірвався.

Et il n'était pas sûr d'avoir bien entendu.

І він не був певен, чи правильно почув.

Gregor éprouvait un profond désir de donner une réponse détaillée.

Грегор відчув глибоке бажання дати детальну відповідь.

Il voulait tout expliquer clairement à sa mère.

Він хотів чітко все пояснити матері.

Mais, compte tenu des circonstances, il devait se limiter.

Але, з огляду на обставини, йому довелося себе обмежити.

Et sa réponse fut beaucoup plus brève qu'il ne l'aurait souhaité.

І він відповів набагато коротше, ніж хотілося б.

"Oui maman, ne t'inquiète pas, merci, je suis déjà levée."

"Так, мамо, не хвилюйся, дякую, я вже встала."

La porte en bois a probablement contribué à étouffer sa voix.

Дерев'яні двері, мабуть, допомагали приглушити його голос.

À l'extérieur, le changement dans la voix de Gregor est resté inaperçu.

Ззовні зміна в голосі Грегора залишилася непоміченою.

La mère semblait satisfaite de son explication.

Мати, здавалося, була задоволена його поясненням.

Et elle repartit aussi discrètement qu'elle était venue.

І вона пішла знову так само тихо, як і прийшла.

Mais cette petite conversation a eu un effet indésirable.

Але ця коротка розмова мала небажаний ефект.

Il a attiré l'attention des autres membres de la famille.

Він привернув увагу інших членів родини.

Gregor était toujours chez lui et n'était pas allé travailler.

Ґреґор все ще був удома і не пішов на роботу.

Et maintenant, le père frappa lui aussi à la porte de côté.

А тепер батько постукав ще й у бічні двері.

Il frappa faiblement, mais avec détermination, du poing.

Він слабо, але рішуче постукав кулаком.

« Gregor, Gregor », appela-t-il, « quel est le problème ? »

«Ґреґоре, Ґреґоре, — гукнув він, — у чому проблема?»

Au bout d'un moment, il avertit de nouveau d'une voix plus grave.

Трохи згодом він знову попередив, але вже низьким голосом.

Mais la sœur frappa alors à la porte de l'autre côté.

Але в інші бічні двері постукала сестра.

« Gregor ? Tu ne te sens pas bien ? » demanda-t-elle doucement.

«Ґреґоре? Тобі недобре?» — тихо запитала вона.

« Avez-vous besoin de quelque chose ? » demanda-t-elle, inquiète.

«Тобі щось потрібно?» — стурбовано запитала вона.

Gregor a répondu aux deux parties : « J'ai déjà terminé. »

Ґреґор відповів обом сторонам: «Я вже закінчив».

Il avait fait de son mieux pour prononcer tous les mots avec soin.

Він намагався якнайкраще вимовляти всі слова.

Et il a gommé tout ce qui était ostentatoire dans sa voix.

І він прибрав у своєму голосі все, що впадало в око.

Le père semblait également satisfait de la réponse.

Батько також здавався задоволеним відповіддю.

Et il retourna à son petit-déjeuner inachevé.

І він повернувся до свого недоїденого сніданку.

Mais la sœur murmura : « Gregor, ouvre la bouche, je t'en supplie. »

Але сестра прошепотіла: «Грегоре, відкрийся, благаю тебе».

Mais son inquiétude à son égard ne parvenait en rien à l'émouvoir.

Але її турбота про нього ніяк не могла його зворушити.

Gregor n'avait aucune intention de lui ouvrir la porte.

Грегор не мав наміру відчиняти їй двері.

Ses voyages lui avaient permis d'acquérir certaines habitudes de prudence.

Подорожі придбали у нього деякі обережні звички.

Et il se félicita d'avoir verrouillé les portes.

І він похвалив себе за те, що замкнув двері.

Il voulait d'abord se lever tranquillement, à son propre rythme.

Спочатку він хотів тихо встати у свій вільний час.

Et, sans être dérangé, il voulut s'habiller.

І, не давши себе заважати, він хотів одягнутися.

Cela étant fait, il voulut ensuite prendre son petit-déjeuner.

Досягнувши цього, він захотів поснідати.

Ce n'est qu'alors qu'il a souhaité examiner la situation plus en détail.

Тільки тоді він захотів розглянути ситуацію далі.

Il savait qu'il était inutile de faire des projets au lit.

Він знав, що немає сенсу будувати плани в ліжку.

Il serait impossible de parvenir à une conclusion sensée.

Дійти до розумного висновку було б неможливо.

Il lui était déjà arrivé de se réveiller avec de légères douleurs.

Були й інші випадки, коли він прокидався від легкого болю.

Ces douleurs se sont toujours révélées être de pures inventions de l'imagination.

Ці болі завжди виявлялися чистою уявою.

En me levant du lit, la douleur disparaissait invariablement.

Коли я вставав з ліжка, біль незмінно зникав.

Il était curieux de voir ce qu'il adviendrait de ces idées.

Йому було цікаво побачити, що станеться з цими ідеями.

Le changement de sa voix était probablement dû à un rhume.

Зміна в його голосі, мабуть, була просто через застуду.

Le rhume est un risque professionnel courant pour les voyageurs.

Застуда — це просто професійний ризик для мандрівників.

Il ne doutait pas que c'était l'explication logique.

Він не сумнівався, що це логічне пояснення.

Il s'est facilement dégagé de la couverture.

Зняти з себе ковдру було легко.

Il lui suffisait d'inspirer et de se gonfler.

Все, що йому потрібно було зробити, це вдихнути та надути повітря.

La couverture glissa de son corps et tomba sur le sol.

Ковдра зісковзнула з його тіла на підлогу.

Son corps incroyablement large rendait d'autres choses difficiles.

Його неймовірно широке тіло ускладнювало інші речі.

Il aurait eu besoin de bras et de mains pour se tenir debout.

Йому знадобилися б руки та кисті, щоб встати.

Mais il n'avait plus les membres qu'il avait autrefois.

Але в нього не було тих кінцівок, які були раніше.

Au lieu de bras et de mains, il avait plein de petites jambes.

Замість рук і кистей у нього було багато маленьких ніжок.

Et ses jambes bougeaient sans cesse, sans qu'il puisse les contrôler.

І його ноги постійно рухалися, без його контролю.

Il a essayé de plier une jambe, mais au lieu de cela, elle s'est étirée.

Він спробував зігнути одну ногу, але замість цього вона потягнулася.

Il parvint finalement à contrôler une jambe.

Йому нарешті вдалося взяти одну ногу під контроль.

Mais ensuite, le mouvement des autres pattes a été libéré.

Але потім рух інших ніг був звільнений.

Et toutes ses jambes frémissaient d'excitation extrême.

І всі його ноги сіпалися від надзвичайного хвилювання.

Il a d'abord voulu sortir le bas de son corps du lit.

Спочатку він хотів встати з ліжка нижньою частиною тіла.

Mais il n'avait pas encore vu le bas de son corps.

Але він насправді ще не бачив нижньої частини свого тіла.

Et de toute façon, déplacer cette pièce s'est avéré trop difficile.

І перемістити цю частину виявилося надто складно.

Finalement, de toutes ses forces, il fit un geste audacieux.

Зрештою, з усіх сил він зробив один сміливий рух.

Sans plus hésiter, il s'avança.

Без зайвих вагань він рушив уперед.

Mais il avait choisi la mauvaise direction.

Але він обрав неправильний напрямок для руху.

Il s'est violemment cogné le corps contre le montant inférieur du lit.

Він сильно вдарив своїм тілом об нижню стійку ліжка.

La douleur brûlante qu'il ressentait lui a appris une précieuse leçon.

Пекучий біль, який він відчував, дав йому цінний урок.

La partie inférieure de son corps était peut-être plus sensible.

Нижня частина його тіла, можливо, була чутливішою.

Il a donc commencé par sortir le haut de son corps du lit.

Тож він спочатку спробував підняти з ліжка верхню частину тіла.

Il tourna prudemment la tête dans la bonne direction.

Він обережно повернув голову в потрібному напрямку.

Et bientôt, sa tête se retrouva face au bord du lit.

І невдовзі його голова опинилася повернута до краю ліжка.

Ce mouvement prudent lui était en réalité facile.

Цей обережний рух насправді давався йому легко.

Et sa largeur et son poids ne l'empêchaient pas de se déplacer.

А його ширина та вага не зупиняли його рухів.

La masse de son corps suivit lentement le mouvement de sa tête.

Маса його тіла повільно слідувала за поворотом голови.

Mais ensuite, il a passé la tête au-dessus du bord du lit.

Але потім він висунув голову з краю ліжка.

Et il dut faire face à une nouvelle peur à laquelle il n'avait pas encore pensé.

І він зіткнувся з новим страхом, про який ще не думав.

Poursuivre dans cette voie pourrait s'avérer dangereux.

Подальше просування таким чином може бути небезпечним.

Il pensait qu'il allait simplement se laisser tomber.

Він думав, що просто дозволить собі впасти.

Mais ce serait un miracle s'il ne s'était pas blessé à la tête.

Але це було б диво, якби він не травмував голову.

Ce n'était pas le moment de risquer de perdre connaissance.

Зараз не час ризикувати втрачати свідомість.

Finalement, il vaudrait peut-être mieux rester au lit.

Можливо, краще все ж таки залишитися в ліжку.

Mais il devait ensuite faire le même effort pour revenir.

Але потім йому довелося докласти таких самих зусиль, щоб повернутися.

Après tous ces efforts, il était allongé là, exactement comme avant.

Після всіх цих зусиль він лежав там, як і раніше.

Et maintenant, ses jambes semblaient encore plus en colère qu'elles ne l'avaient été.

А тепер його ноги здавалися ще злішими, ніж були раніше.

Les mouvements de sa jambe étaient devenus encore plus incontrôlables.

Рухи його ноги стали ще більш неконтрольованими.

Il ne voyait aucun moyen de sortir de la situation dans laquelle il se trouvait.

Він не бачив жодного виходу з ситуації, в якій опинився.
Il était impossible de faire émerger la paix et l'ordre de ce chaos.
Мир і порядок не могли бути встановлені в цьому хаосі.
Mais il savait que rester au lit n'était pas une option non plus.
Але він знав, що залишатися в ліжку також не варіант.
Tout sacrifier était l'option la plus sensée.
Пожертвувати всім було найрозумнішим варіантом.
Il s'accrochait au moindre espoir de pouvoir se lever.
Він чіплявся за найменшу надію встати з ліжка.
S'il y parvenait, tous les risques en auraient valu la peine.
Якби йому це вдалося, весь ризик був би того вартий.
Mais il se souvenait aussi d'autre chose en même temps.
Але водночас він згадав і дещо інше.
« Mieux vaut réfléchir sereinement que de prendre des décisions désespérées. »
«Краще спокійні роздуми, ніж відчайдушні рішення».
Il concentra tous ses efforts sur la fenêtre.
З усіх зусиль він зосередив погляд на вікні.
Mais ce qu'il vit ne lui insuffla guère de confiance ni de joie.
Але побачене не принесло йому ні впевненості, ні підбадьорення.
La brume matinale enveloppait toute la rue étroite.
Ранковий туман вкривав усю вузьку вулицю.
Le réveil sonna à nouveau ; il était maintenant sept heures.
Будильник знову задзвонив; тепер була сьома година.
« Il est déjà sept heures et il y a encore un épais brouillard. »
«Вже сьома година, а ще такий туман».
Il resta un moment allongé, immobile, respirant faiblement.
Якийсь час він лежав тихо, ледь дихаючи.
Un peu de calme permettrait peut-être de retrouver une certaine normalité.
Можливо, трохи тиші принесе якусь нормальність.
Un silence complet pourrait engendrer les conditions réelles.
Повна тиша могла б створити реальні умови.

Mais avant que l'horloge ne sonne à nouveau, il rompit le silence.

Але перш ніж годинник знову пробив, він порушив мовчання.

«Avant que l'horloge ne sonne à nouveau, je dois être levé.»

«Перш ніж знову проб'є годинник, я маю встати з ліжка».

« Je dois absolument être complètement levé à ce moment-là. »

«До того часу я точно маю вже не вставати з ліжка».

« Après 19h15, le bureau enverra quelqu'un. »

«Після чверть на восьму з офісу когось пришлють».

"Parce que le bureau ouvrait avant sept heures."

«Тому що офіс відкрився до сьомої години».

Et il commença alors à se balancer hors du lit.

І тепер він почав розгойдуватися, піднімаючись з ліжка.

Il avait cessé de se concentrer sur le haut ou le bas de son corps.

Він перестав зосереджуватися на верхній чи нижній частині тіла.

Il fallut sortir tout son corps du lit.

Уся його довжина тіла мала покинути ліжко.

Tomber de cette façon devrait protéger sa tête, pensa-t-il.

Падіння таким чином мало б захистити його голову, подумав він.

Il avait prévu de relever la tête lorsqu'il toucherait le sol.

Він планував підняти голову, коли впаде на землю.

Son dos semblait suffisamment robuste pour encaisser le choc.

Задня частина його тіла здавалася достатньо твердою для удару.

Et le tapis était là pour amortir l'atterrissage.

А килим був там для того, щоб пом'якшити приземлення.

Ce qui le préoccupait le plus, cependant, c'était le bruit assourdissant.

Однак найбільше його турбував гучний шум.

Le bruit fracassant effrayerait tous les occupants de la maison.

Звук гуркоту налякав би всіх у будинку.

Peut-être que le bruit fort ne les terrifierait pas.

Можливо, вони не боялися б гучного шуму.

Mais ils seraient certainement inquiets s'ils l'apprenaient.

Але вони точно занепокоїлися б, якби почули.

Mais il fallait prendre le risque d'attirer l'attention.

Але ризикнути привернути увагу доводилося.

La nouvelle méthode s'apparentait davantage à un jeu qu'à un effort.

Новий метод був радше грою, ніж зусиллям.

Il devait balancer son corps par mouvements brusques et saccadés.

Йому доводилося розгойдувати своє тіло різкими та уривчастими рухами.

Gregor était déjà à moitié sorti du lit.

Грегор уже наполовину підвівся з ліжка.

Une nouvelle idée venait de lui traverser l'esprit.

Тепер йому щойно спала на думку нова думка.

« Tout serait si facile si quelqu'un venait à mon secours. »

«Все було б так легко, якби хтось прийшов мені на допомогу».

« Deux personnes fortes suffiraient amplement. »

«Двох сильних людей буде цілком достатньо».

Son père et la servante seraient assez forts.

Його батько та служниця будуть достатньо сильними.

Il leur suffirait de glisser leurs bras sous son dos.

Їм просто довелося б просунути руки під його спину.

Et ensuite, ils pourraient facilement le sortir du lit.

А потім вони могли легко витягнути його з ліжка.

Peut-être auraient-ils dû réduire son poids progressivement.

Можливо, їм довелося б поступово знижувати його вагу.

Alors, espérons-le, les jambes auraient trouvé leur utilité.

Сподіваюся, тоді ноги знайшли б своє призначення.

« Ne serait-il pas préférable, après tout, de demander de l'aide ? »

«Хіба не краще було б все ж таки покликати на допомогу?»

Le problème, bien sûr, c'est qu'il avait verrouillé les portes.

Проблема, звісно, полягала в тому, що він замкнув двері.

Il y avait quelque chose dans cette idée qui le chatouillait.

Щось у цій думці його лоскотало.

Et malgré ses difficultés, il ne put réprimer un sourire.

І попри свої труднощі, він не міг стримати посмішки.

Il était déjà sur le point de perdre l'équilibre.

Він уже ледь не втратив рівновагу.

Chaque balancement le rapprochait un peu plus du moment où il basculerait du lit.

З кожним помахом він був ближче до того, щоб упасти з ліжка.

Il allait bientôt devoir prendre la décision finale.

Невдовзі йому доведеться прийняти остаточне рішення.

Dans cinq minutes, il serait sept heures et quart.

Через п'ять хвилин мало бути чверть на восьму.

Tandis qu'il était plongé dans ces pensées, la sonnette retentit.

Поки він обмірковував ці думки, продзвенів дзвінок у двері.

« C'est quelqu'un du bureau », se dit-il.

«Це хтось з офісу», — сказав він собі.

Et il fut presque paralysé de peur à cause du visiteur.

І він мало не завмер від страху через гостя.

Ses jambes s'agitaient encore plus sauvagement qu'auparavant.

Його ноги танцювали ще шаленіше, ніж раніше.

Mais ensuite, pendant un instant, tout resta silencieux.

Але потім, на мить, все затихло.

« Ils n'ouvriront pas la porte », se dit Gregor.

«Вони не відчинять дверей», — сказав собі Грегор.

Il était encore prisonnier d'un espoir insensé.

Його все ще охоплювала якась безглузда надія.

Mais ensuite, bien sûr, la bonne s'est dirigée vers la porte.

Але потім, звісно, покоївка підійшла до дверей.

Et, comme toujours, elle ouvrit la porte au visiteur.

І, як завжди, вона відчинила двері гостю.

Gregor n'avait besoin d'entendre que les premiers mots de bienvenue du visiteur.

Грегору потрібно було лише почути перше привітання гостя.

Il a tout de suite compris qui était venu le chercher.

Він одразу зрозумів, хто за ним прийшов.

Le chef de bureau en personne était venu prendre des nouvelles de Samsa.

Сам головний писар прийшов перевірити Замзу.

Pourquoi Gregor était-il le seul à être condamné à un tel sort ?

Чому лише Грегор був приречений на таку долю?

Pourquoi lui seul a-t-il dû servir dans une telle organisation ?

Чому тільки йому довелося служити в такій організації?

Le moindre oubli éveillait immédiatement les soupçons.

Найменший недогляд одразу викликав підозру.

Tous les employés qui travaillaient là-bas étaient-ils des scélérats ?

Невже всі працівники, які там працювали, були негідниками?

N'y avait-il donc parmi eux aucune personne fidèle et dévouée ?

Невже серед них не було жодної вірної та відданої людини?

N'auraient-ils pas pu simplement envoyer un apprenti ?

Хіба вони не могли просто надіслати сюди учня?

Toutes ces interrogations étaient-elles vraiment nécessaires ?

Чи всі ці розпити справді були потрібні?

Le représentant autorisé devait-il se déplacer en personne ?

Чи мав уповноважений представник прийти особисто?

Fallait-il vraiment informer toute la famille innocente ?

Чи потрібно було повідомити всю невинну родину?

Toutes ces considérations ont poussé Gregor à agir.

Усі ці міркування спонукали Грегора до дії.

Il se hissa hors du lit de toutes ses forces.

Він щосили зірвався з ліжка.

Il y a eu une forte détonation, mais ce n'était pas vraiment un bruit.

Пролунав гучний вибух, але це не був справжній шум.

La chute avait été légèrement amortie par le tapis.

Падіння трохи пом'якшив килим.

Son dos était plus élastique que Gregor ne l'avait imaginé.

Його спина була еластичнішою, ніж Грегор гадав.

Le son était donc plus sourd et moins perceptible.

Тож звук був більш глухим і не таким помітним.

Mais il n'avait pas fait attention à sa tête pendant sa chute.

Але він не подбав про свою голову під час падіння.

Et lorsqu'il a touché le sol, il s'est aussi cogné la tête.

А коли він упав на землю, то ще й вдарився головою.

Il se frotta la tête sur le tapis, en colère et souffrant.

Він від гніву та болю терся головою об килим.

Mais le gérant, qui se trouvait dans la pièce d'à côté, a entendu le bruit.

Але менеджер у сусідній кімнаті почув шум.

« Quelque chose est tombé là-dedans », a-t-il observé avec justesse.

«Щось туди впало», – правильно зауважив він.

Gregor essaya d'imaginer le manager dans sa situation.

Грегор спробував уявити менеджера на його місці.

« La même chose pourrait-elle lui arriver ? » se demanda-t-il.

«Чи невже з ним станеться те саме?» — подумав він.

Il a admis que cet étrange événement pouvait être possible.

Він визнав, що ця дивна подія можлива.

Puis le chef de bureau fit quelques pas vers la pièce.

А потім головний клерк зробив кілька кроків до кімнати.

C'était presque une réponse grossière à la question qu'il avait posée.

Це була майже груба відповідь на його запитання.

Ses bottes en cuir grinçaient lorsqu'il s'approcha de la porte.

Його шкіряні чоботи заскрипіли, коли він наближався до дверей.

Depuis la pièce située à sa droite, sa servante lui chuchota quelque chose.

З кімнати праворуч від нього служниця прошепотіла йому.

"Gregor, le représentant autorisé est ici."

«Грегоре, уповноважений представник тут».

« Je sais », dit Gregor, mais seulement à voix basse pour lui-même.

«Я знаю», — сказав Грегор, але лише тихо сам до себе.

Il n'osait pas élever la voix au-dessus d'un murmure.

Він не смів підвищувати голос вище шепоту.

Parce que Gregor ne voulait pas que sa sœur l'entende.

Бо Грегор не хотів, щоб сестра його чула.

« Gregor », dit le père depuis la pièce de gauche.

«Грегоре», — сказав батько з кімнати ліворуч.

«Le responsable est venu vérifier quel est le problème.»

«Менеджер прийшов перевірити, у чому проблема».

« Il vous a demandé pourquoi vous n'aviez pas pris le premier train. »

«Він запитав, чому ти не вирушив раннім поїздом».

« Nous ne savons pas quoi lui dire », a déclaré le père.

«Ми не знаємо, що йому сказати», – сказав батько.

« D'ailleurs, il souhaite également vous parler personnellement. »

«До речі, він також хоче поговорити з вами особисто».

« Veuillez ouvrir la porte, afin qu'il puisse vous parler. »

«Будь ласка, відчиніть двері, щоб він міг з вами поговорити».

« Il aura la gentillesse d'excuser le désordre dans la chambre. »

«Він буде настільки люб'язний, що вибачить за безлад у кімнаті».

« Bonjour, Monsieur Samsa », lui lança le directeur.

«Доброго ранку, пане Замза», — гукнув до нього менеджер.

Et il lui a certainement parlé de manière amicale.

І він справді розмовляв з ним дружелюбно.

« Il ne se sent pas bien », dit la mère au gérant.

«Він нездоровий», – сказала мати менеджеру.

« Il ne va pas bien du tout, croyez-moi, cher manager. »

«Він зовсім не здоровий, повірте мені, шановний менеджере».

« Sinon, pourquoi Gregor aurait-il raté le train du matin ? »

«Чому б інакше Грегор пропустив ранковий поїзд?»

«Le garçon ne pense qu'à ses affaires.»

«У хлопця ні про що, крім бізнесу, немає ні в чому його клопоту».

« Cela m'agace presque qu'il ne fasse rien d'autre. »

«Мене майже дратує, що він нічим іншим не займається».

« J'aimerais qu'il sorte le soir pour prendre l'air. »

«Шкода, що він не виходить вечорами подихати свіжим повітрям».

« Il était en ville pendant huit jours pour affaires. »

«Він був у місті вісім днів у справах».

« Mais il était chez lui tous les soirs. »

«Але ж він кожного з цих вечорів був удома»

«Il s'assoit à notre table et lit le journal.»

«Він сидить за нашим столом і читає газету».

« À d'autres moments, il étudie les horaires des trains. »

«Іншим часом він вивчає розклад руху поїздів».

«Il lui arrive de s'occuper en faisant de la menuiserie.»

«Іноді він справді зайнятий столярством».

« Par exemple, il a sculpté un petit cadre photo en bois. »

«Наприклад, він вирізьбив маленьку дерев'яну рамку для картини».

« Pendant deux ou trois soirées, il était occupé avec la scie. »

«Протягом двох чи трьох вечорів він був зайнятий пилкою».

«Vous serez étonné(e) de voir à quel point le cadre photo est joli.»

"Ви будете вражені тим, яка гарна ця рамка для картини."

«Il a accroché le cadre photo dans sa chambre.»

«Він повісив рамку для картини у своїй кімнаті».

« Quand il ouvrira la porte, vous verrez ses boiseries. »

«Коли він відчинить двері, ви побачите його дерев'яні вироби».

« Au fait, je suis ravi que vous soyez ici, Monsieur Prokurist. »

«До речі, я радий, що ви тут, пане Прокурист».

« Nous n'aurions pas pu, à nous seuls, forcer Gregor à ouvrir la porte. »

«Самі ми не змогли б змусити Грегора відчинити двері».

« Il est tellement têtu », a avoué sa mère au vendeur.

«Він такий впертий», – зізналася його мати клерку.

« Il est certainement malade, même s'il l'a nié auparavant. »

«Він точно нездоровий, хоча раніше це заперечував».

« J'arrive tout de suite », dit Gregor lentement et prudemment.

«Я зараз буду», — повільно та обережно промовив Грегор.

Mais il ne fit aucun mouvement vers la porte de la pièce.

Але він не зробив жодного руху до дверей кімнати.

Il ne voulait pas perdre un seul mot de la conversation.

Він не хотів втратити жодного слова з розмови.

Le chef de bureau a approuvé l'évaluation de la mère.

Головний клерк погодився з оцінкою матері.

« Je ne peux pas l'expliquer autrement non plus, madame. »

«Я теж не можу пояснити це інакше, пані».

« Espérons tous qu'il ne souffre d'aucune maladie grave », a-t-il déclaré.

«Будемо всі сподіватися, що у нього немає серйозної хвороби», – сказав він.

« D'un autre côté, c'est un risque pour notre secteur. »

«З іншого боку, це небезпека в нашій галузі».

« Nous, les hommes d'affaires, devons souvent surmonter un certain malaise. »

«Нам, діловим людям, часто доводиться долати дискомфорт».

« Les professionnels doivent simplement faire abstraction des petites douleurs. »

«Професіоналам просто потрібно пережити легкі труднощі».

Pendant ce temps, son père frappa de nouveau à l'autre porte.

Тим часом його батько знову постукав в інші двері.

« Le chef de bureau peut-il entrer maintenant ? » demanda-t-il.

«Чи може зараз зайти головний клерк?» — хотів знати він.

« Non, il ne peut pas », répondit Gregor à la question de son père.

«Ні, він не може», – відповів Грегор на запитання батька.

Un silence gênant s'installa dans la pièce de gauche.

У кімнаті ліворуч запала незручна тиша.

Dans la pièce de droite, la sœur se mit à sangloter.

У кімнаті праворуч сестра почала ридати.

Pourquoi la sœur n'était-elle pas partie rejoindre les autres ?

Чому сестра не пішла до інших?

Elle venait probablement de se lever, pensa-t-il.

Вона, мабуть, щойно встала з ліжка, подумав він.

Elle n'a peut-être même pas encore commencé à s'habiller.

Можливо, вона ще навіть не почала одягатися.

Mais Gregor ne comprenait pas pourquoi elle pleurait.

Але Грегор не міг зрозуміти, чому вона плаче.

Était-ce parce qu'il ne s'était pas levé pour laisser entrer le directeur ?

Це тому, що він не встав і не впустив менеджера?

Était-ce parce qu'il risquait de perdre son emploi ?

Чи це було тому, що йому загрожувала втрата роботи?

Le patron pourrait-il s'en prendre aux parents comme avant ?

Чи може начальник, як і раніше, напасти на батьків?

Allait-il leur formuler à nouveau les mêmes exigences qu'auparavant ?

Невже він знову висуватиме перед ними старі вимоги?

Il n'y avait probablement pas lieu de s'inquiéter de ces choses-là.

Про ці речі, мабуть, не варто було турбуватися.

Pour le moment, elle n'avait aucune raison de pleurer.

Поки що в неї не було причин плакати.

Gregor était toujours là, subvenant aux besoins de sa famille.

Грегор все ще був тут, забезпечував сім'ю.

Et il n'a jamais eu l'intention de quitter sa famille.

І він ніколи не мав наміру залишати сім'ю.

Pour le moment, il restait simplement allongé là, sur le tapis.

Поки що він просто лежав на килимі.

La famille ignorait son état.

Родина не знала, в якому він стані.

S'ils avaient su, ils n'auraient pas encouragé son patron.

Якби вони знали, то не заохочували б його начальника.

Ils n'auraient même pas laissé entrer le gérant.

Вони б навіть менеджера не впустили до будинку.

Le refouler n'aurait pas été particulièrement impoli.

Відвернути його було б не особливо неввічливо.

Il aurait facilement pu trouver une excuse convenable plus tard.

Він міг би легко знайти підходящу відмовку пізніше.

Ce n'était pas un motif de licenciement.

Це не те, за що його могли звільнити.

Gregor pensait qu'il serait plus judicieux de le laisser tranquille désormais.

Грегор вважав, що тепер буде розумніше залишитися на самоті.

Le déranger en pleurant et en parlant n'a pas beaucoup aidé.

Турбувати його плачем та розмовами мало що дало.

Mais c'était l'incertitude qui inquiétait les autres.

Але саме ця невизначеність непокоїла інших.

Et c'est cette incertitude qui a excusé leur comportement.

І саме ця невизначеність виправдовувала їхню поведінку.

« Monsieur Samsa », appela le directeur d'une voix forte.

— Пане Замза, — гукнув менеджер підвищеним голосом.

« Qu'est-ce qui se passe avec toi ? » a-t-il voulu savoir.

«Що з тобою відбувається?» — хотів він знати.

« Tu t'es barricadé dans ta chambre. »

«Ти забарикадувався у своїй кімнаті».

«Vous ne pouvez répondre que par «oui» ou «non».»

«Ви відповідаєте лише «так» або «ні».

«Vous causez de sérieux soucis à vos parents.»

«Ти завдаєш своїм батькам серйозних турбот».

« Je ne vois pas de bonne raison de les inquiéter. »
«Не бачу жодної вагомої причини, чому б тобі їх турбувати».
« Il y a une autre chose que je mentionnerai en passant. »
«Є ще дещо, про що я згадаю мимохідь».
«Vous négligez également vos obligations professionnelles envers nous.»
«Ви також нехтуєтесь своїми діловими обов'язками перед нами».
« Une telle irresponsabilité ne vous ressemble pas du tout. »
«Така безвідповідальність зовсім не в твоїй характері».
« Je parle ici au nom de vos parents et de votre patron. »
«Я говорю тут від імені ваших батьків і вашого начальника».
« Et je vous demande une explication immédiate et claire. »
«І я прошу вас негайного та чіткого пояснення».
« Je dois dire que tout cela m'étonne vraiment. »
«Мушу сказати, що вся ця справа справді вражає мене».
« Je pensais vous connaître comme une personne calme et raisonnable. »
«Я думав, що знаю тебе як спокійну та розсудливу людину».
« Mais maintenant, tu nous montres une autre facette de toi. »
«Але тепер ти показуєш нам свою іншу сторону».
«Vous faites soudain preuve de vos caprices très particuliers.»
«Раптом ти проявляєш свої дуже своєрідні примхи».
« Mais il pourrait y avoir une explication à votre échec. »
«Але вашій невдачі може бути пояснення».
« Le patron a mentionné une dette que vous aviez recouvrée pour nous. »
«Шеф згадав про борг, який ви для нас стягнули».
« J'ai donné ma parole d'honneur au patron en votre nom. »
«Я дав шефу слово честі від вашого імені».
« Mais maintenant je vois votre obstination incompréhensible. »

«Але тепер я бачу твою незбагненну впертість».

« Je pourrais encore perdre toute envie de vous aider. »

«Я можу все ж втратити будь-яке бажання тобі допомагати».

«Votre sécurité d'emploi n'est en aucun cas totalement stable.»

«Ваша гарантія зайнятості аж ніяк не є цілком стабільною».

« À l'origine, je comptais vous dire tout cela en privé. »

«Спочатку я мав намір розповісти тобі все це приватно».

« Mais maintenant je vois que vous voulez que je perde mon temps ici. »

«Але тепер я бачу, що ви хочете, щоб я гаяв тут свій час».

«Je ne vois donc aucune raison pour que vos parents ne le sachent pas.»

«Тож я не бачу жодної причини, чому твої батьки не повинні знати».

«Vos récentes performances n'ont pas été satisfaisantes.»

«Ваша нещодавня робота була незадовільною».

« Je reconnais que les ventes sont plus lentes à cette période de l'année. »

«Я визнаю, що продажі в цю пору року повільніші».

« Mais il n'y a pas de période de l'année où il n'y a pas de ventes. »

«Але немає пори року, коли б не було продажів».

Pendant un instant, Gregor oublia tout ce qui l'entourait.

На мить Грегор забув усе навколо.

« Mais Monsieur Prokurist ! » s'écria Gregor, désespéré.

«Але ж пане Прокуристе!» — вигукнув Грегор у розпачі.

« J'ouvre la porte tout de suite, maintenant, ne vous inquiétez pas. »

«Я зараз відчиню двері, просто зараз, не хвилюйся».

«Le problème, c'est que je ne me sens pas très bien.»

«Проблема в тому, що я почуваюся досить погано».

« Mes vertiges m'ont empêché d'atteindre la porte. »

«Моє запаморочення завадило мені дістатися до дверей».

« Je suis encore au lit, mais je me sens beaucoup mieux. »

«Я все ще лежу в ліжку, але почуваюся набагато краще».
«Un instant, s'il vous plaît, je viens de me lever.»
"Зачекайте хвилинку, будь ласка, я якраз встаю з ліжка."
« Un instant de patience, c'est tout ce que je vous demande, Monsieur Prokurist. »
«Хвилинку терпіння — це все, про що я прошу, пане Прокуристе».
« Ça ne se passe pas aussi bien que je le pensais, mais ça ira. »
«Все йде не так добре, як я думав, але зі мною все буде добре».
« Comment une telle chose peut-elle arriver à une personne aussi rapidement ? »
«Як таке може так швидко статися з людиною?»
« Je me sentais bien hier soir, mes parents le savent. »
«Я почувався добре минулої ночі, мої батьки це знають».
« Mais peut-être avais-je déjà un petit pressentiment à ce moment-là. »
«Але, можливо, в мене вже тоді було невеличке передчуття».
«Vous pourriez vous demander pourquoi je ne l'ai pas signalé au bureau.»
«Ви можете запитати, чому я не повідомив про це в офісі».
« Je pensais que je me sentirais beaucoup mieux demain matin. »
«Я думав, що вранці мені буде набагато краще».
« On pense toujours qu'ils auront vaincu la maladie d'ici là. »
«Завжди думаєш, що на той час хвороба вже подолається».
« Mais je vous en prie ! Épargnez mes parents de ces accusations ! »
«Але будь ласка! Звільніть моїх батьків від цих звинувачень!»
« On ne m'a pas dit un mot de ce que vous m'avez dit. »
«Мені не сказали жодного слова про те, що ти мені розповів».

« Il se peut que vous n'ayez pas lu les dernières commandes que j'ai envoyées. »

«Можливо, ви не читали останніх наказів, які я розіслав».

« Au fait, vous n'avez pas à vous inquiéter pour moi aujourd'hui. »

«До речі, тобі сьогодні не потрібно за мене хвилюватися».

«Je vais quand même prendre le train de huit heures.»

«Я все одно поїду потягом о восьмій годині».

« Ces quelques heures de repos m'ont suffisamment revigoré. »

«Кілька годин відпочинку достатньо мене зміцнили».

« Vous n'avez vraiment pas besoin d'attendre, manager. »

«Вам справді немає потреби чекати, менеджере».

« Moi aussi, je serai bientôt au bureau. »

«Я теж скоро буду в офісі».

« Et s'il vous plaît, ayez la gentillesse de dire un mot en ma faveur. »

«І будь ласка, будьте такі ласкаві, замовте за мене добре слівце».

Gregor avait donné son explication assez précipitamment.

Грегор вимовив своє пояснення досить поспішно.

Il ne savait pas vraiment ce qu'il essayait de dire.

Він ледве знав, що насправді намагається сказати.

Il s'est approché de la boîte et a essayé de s'en servir pour se lever.

Він підійшов до коробки та спробував використати її, щоб встати.

Il avait vraiment l'intention d'ouvrir la porte.

Він справді мав намір відчинити двері.

Il souhaitait être reçu par le représentant autorisé.

Він хотів, щоб його побачив уповноважений представник.

Et il voulait régler le problème avec lui personnellement.

І він хотів вирішити проблему особисто з ним.

Il était impatient de savoir comment les autres réagiraient à son égard.

Йому дуже кортіло дізнатися, як інші відреагують на нього.

Ils doivent maintenant être impatients de savoir comment il va.

Вони, мабуть, також вже нетерпляче чекають, як у нього справи.

Il y avait deux façons possibles dont ils pouvaient réagir face à lui.

Було два можливих способи, як вони могли на нього відреагувати.

Une possibilité était qu'ils aient peur.

Однією з можливостей було те, що вони будуть налякані.

S'ils avaient peur, alors il n'en était pas responsable.

Якщо вони були налякані, то він не ніс відповідальності.

Et alors, il n'aurait plus à s'inquiéter de la situation.

І тоді йому не довелося б турбуватися про ситуацію.

Mais il y avait aussi une autre possibilité à envisager.

Але була також інша можливість, про яку варто подумати.

Peut-être accepteraient-ils sereinement sa personnalité.

Можливо, вони б спокійно прийняли його таким, яким він є.

Gregor n'aurait alors aucune raison de se fâcher non plus.

Тоді б і у Грегора не було причин засмучуватися.

Il y aurait encore assez de temps pour prendre le train.

Ще буде достатньо часу, щоб встигнути на поїзд.

Cependant, se tenir debout n'était pas une tâche facile.

Однак стояти прямо було аж ніяк не легким завданням.

Lors de ses premières tentatives, il a glissé hors de la boîte.

Під час перших кількох спроб він зісковзнув з коробки.

La boîte était trop lisse pour qu'il puisse s'y appuyer.

Коробка була надто гладенькою, щоб він міг об неї встати.

Et finalement, il se donna un dernier effort pour se relever.

І нарешті він зробив останній поштовх, щоб підвестися.

Il ne prêta plus attention à la douleur qu'il ressentait à l'abdomen.

Він більше не звертав уваги на біль у животі.

Peu importe l'intensité de la douleur, il la surmonterait.

Яким би сильним не був біль, він би його пережив.

Il se laissa tomber contre le dossier d'une chaise voisine.

Він дозволив собі впасти на спинку сусіднього стільця.
Et il s'accrochait aux bords avec ses petites jambes.
І він тримався за краї своїми маленькими ніжками.
À ce stade, il avait repris le contrôle de lui-même.
На цьому етапі він краще взяв себе в руки.
Et sa chute fut plus silencieuse que la précédente.
І його падіння було тихішим за попереднє.
Parce qu'il devait écouter ce que disait le manager.
Бо він мусив слухати, що каже менеджер.
« Avez-vous compris quelque chose à tout cela ? » demanda-t-il aux parents.
«Ви щось зрозуміли?» — спитав він батьків.
« Il ne se moquerait pas de nous, n'est-ce pas ? »
«Він же не зробить з нас дурнів, чи не так?»
« Pour l'amour de Dieu ! » s'écria la mère, déjà en larmes.
«Заради Бога», — гукнула мати, вже плачучи.
« Il est peut-être gravement malade et nous le tourmentons. »
«Він може бути серйозно хворий, і ми його мучимо».
« Grete ! Grete ! » cria-t-elle à sa fille.
«Ґрете! Ґрете!» — кричала вона доньці.
« Maman ? » appela la sœur de l'autre côté.
«Мамо?» — гукнула сестра з іншого боку.
Ils ont ensuite communiqué par l'intermédiaire de la chambre de Gregor.
Потім вони спілкувалися через кімнату Грегора.
« Gregor est très malade et il a besoin de médicaments. »
«Грегор дуже хворий, і йому потрібні ліки».
«Vous devrez aller chez le médecin immédiatement.»
«Вам доведеться негайно йти до лікаря».
« Tu as entendu comment Gregor parlait tout à l'heure ? »
«Ти чув, як Грегор щойно говорив?»
« C'était la voix d'un animal », a déclaré le gérant.
«Це був голос тварини», — сказав менеджер.
Ses paroles étaient douces comparées aux cris de la mère.
Його слова були тихими порівняно з криками матері.
« Anna ! Anna ! » appela le père depuis l'antichambre.
«Анно! Анно!» — гукнув батько з передпокою.

Et il a claqué des mains pour attirer leur attention.

І він заплескав у долоні, щоб привернути їхню увагу.

« Appelez immédiatement un serrurier ! » ordonna-t-il à la bonne.

«Негайно викликайте слюсаря!» — наказав він покоївці.

Les filles, en jupes, traversèrent l'antichambre en courant.

Дівчата, в спідницях, пробігли через передпокій.

Et leurs jupes bruissaient lorsqu'elles passèrent en courant devant sa chambre.

І їхні спідниці шелестіли, коли вони пробігали повз його кімнату.

« Comment sa sœur a-t-elle fait pour s'habiller si vite ? » se demanda-t-il.

«Як сестра так швидко одяглася?» — подумав він.

La porte a été arrachée, mais elle n'a pas été claquée.

Двері були розчахнуті, але не зачинені з грюкотом.

C'est fréquent dans les maisons où survient un grand malheur.

Це поширене явище в будинках, де трапляється велике нещастя.

Mais tout cela avait considérablement apaisé Gregor.

Але все це значно заспокоїло Грегора.

Quand il entendait ses propres paroles, elles lui paraissaient claires.

Коли він почув власні слова, вони здалися йому зрозумілими.

En fait, il estimait que ses paroles avaient été plus claires.

Насправді, він відчував, що його слова були чіткішими.

Mais les autres ne comprenaient plus ce qu'il disait.

Але інші вже не розуміли, що він мав на увазі.

Peut-être s'était-il habitué à ses oreilles à ce moment-là.

Можливо, він уже звик до своїх вух.

Mais au moins, ils comprenaient maintenant mieux sa situation.

Але принаймні тепер вони краще розуміли його ситуацію.

Ils se sont rendu compte qu'il y avait vraiment quelque chose qui n'allait pas chez lui.

Вони зрозуміли, що з ним справді щось не так.

Et ils faisaient maintenant tout leur possible pour l'aider.

І тепер вони робили все можливе, щоб допомогти йому.

Cela redonna à Gregor un sentiment de confiance qui lui manquait.

Це дало Грегору відчуття впевненості, якого йому бракувало.

Et il se sentait de nouveau beaucoup plus en sécurité au sein de sa famille.

І він знову почувався набагато впевненіше в родині.

Il avait le sentiment d'être à nouveau intégré au cercle humain.

Він відчув, ніби знову потрапив до людського кола.

Il ne lui restait plus qu'à espérer que le serrurier puisse ouvrir la porte.

Тепер йому залишалося сподіватися, що слюсар зможе відчинити двері.

Et il espérait que le médecin serait capable d'accomplir de telles tâches.

І він сподівався, що лікар зможе виконувати такі завдання.

Il allait bientôt devoir reprendre la parole.

Невдовзі йому знову доведеться більше говорити.

Il allait falloir que sa voix soit aussi claire que possible.

Його голос мав бути якомога чіткішим.

Pour se préparer à la réunion, il s'éclaircit la gorge.

Щоб підготуватися до зустрічі, він прокашлявся.

Il s'efforçait toutefois de tousser très discrètement.

Однак він намагався кашляти лише дуже тихо.

Ce bruit pouvait être différent d'une toux humaine.

Звук міг відрізнятися від людського кашлю.

Il savait qu'il ne pouvait plus faire la différence entre de telles choses.

Він знав, що більше не може розрізняти такі речі.

Dans la pièce voisine, le silence était total.

У сусідній кімнаті стало зовсім тихо.

Les parents étaient probablement assis à table.

Батьки, мабуть, сиділи за столом.

Ils chuchotaient peut-être avec le gérant.

Можливо, вони шепотілися з менеджером.

Peut-être que tout le monde était appuyé contre la porte et écoutait.

Можливо, всі стояли біля дверей і підслуховували.

Gregor poussa lentement la chaise vers la porte.

Грегор повільно підсунув стілець до дверей.

Il s'appuya contre la porte et se tint droit.

Він відштовхнувся від дверей і випростався.

Il a découvert que la plante de ses pieds était légèrement collée.

Він дізнався, що на подушечках його лап є трохи клею.

Et il se reposa là un instant, épuisé.

І він на мить відпочив від напруги.

Après s'être suffisamment reposé, il s'attela à la tâche suivante.

Достатньо відпочивши, він взявся за наступне завдання.

Il commença à tourner la clé dans la serrure avec sa bouche.

Він почав ротом повертати ключ у замку.

Malheureusement, il semblait qu'il n'avait pas de dents.

На жаль, здавалося, що у нього не було справжніх зубів.

Mais quel autre moyen avait-il pour s'emparer des clés ?

Але який інший спосіб у нього був схопити ключі?

Heureusement pour lui, ses mâchoires étaient bien sûr très fortes.

На щастя для нього, його щелепи, звісно, були дуже міцними.

Grâce à la force de ses mâchoires, il a vraiment réussi à faire bouger la clé.

За допомогою своїх щелеп він справді зрушив ключ з місця.

Il ne doutait pas qu'il se faisait du mal à lui-même également.

Він не мав жодних сумнівів, що завдає шкоди й собі.

Parce qu'un liquide brunâtre sortait de sa bouche.

Бо з його рота текла коричнева рідина.

Le liquide brunâtre a coulé sur la clé et le long de la porte.

Коричнева рідина стікала по ключу та вниз по дверях.

Mais Gregor ne se souciait pas de se faire du mal.

Але Грегору було байдуже, що він шкодить собі.

« Vous entendez ça ? » demanda le gérant dans la pièce voisine.

«Ви чуєте це?» — сказав менеджер у сусідній кімнаті.

« Il tourne la clé », avait remarqué le gérant.

«Він повертає ключ», — помітив менеджер.

Ces paroles furent un grand encouragement pour Gregor.

Ці слова дуже підбадьорили Грегора.

Mais le père et la mère auraient également dû crier :

Але батько й мати також мали б вигукнути:

« Bien joué, Gregor ! » auraient-ils dû lui crier.

«Добре, Грегоре», — мали б вони йому крикнути.

«Continue, continue de tourner la clé, tu peux le faire.»

«Продовжуй, повертай ключ, ти зможеш це зробити».

Mais Gregor dut plutôt imaginer leur enthousiasme.

Але натомість Грегор мусив уявити їхнє хвилювання.

Il serra les mâchoires de toutes ses forces.

Він стиснув щелепи щосили.

Et il continua à tourner la clé dans la serrure.

І він продовжував повертати ключ у замку.

Son corps se tordit douloureusement en un cercle.

Його тіло болісно закручувалося по колу.

Il ne tenait plus debout qu'avec sa bouche.

Тепер він тримався прямо лише за допомогою рота.

Pour continuer à tourner la clé, il appuya contre la porte.

Щоб продовжувати крутити ключ, він натиснув на двері.

Finalement, le claquement de la serrure réveilla de nouveau Gregor.

Нарешті клацання замка знову розбудило Грегора.

« Je n'avais donc pas besoin du serrurier », soupira-t-il de soulagement.

«Тож мені не потрібен був слюсар», — зітхнув він з полегшенням.

Il ne lui restait plus qu'à ouvrir la porte qu'il avait déverrouillée.

Тепер йому залишалося лише відчинити двері, які він відімкнув.

Et, la tête sur la poignée, il ouvrit la porte.

І, поклавши голову на ручку, він відчинив двері.

Il se trouvait derrière la porte qui donnait sur sa chambre.

Він був за дверима, що відчинялися до його кімнати.

La porte était donc déjà ouverte avant même qu'on puisse le voir.

Тож двері вже були відчинені, перш ніж його змогли побачити.

Il lui fallait ensuite se faufiler autour de la porte elle-même.

Далі йому довелося маневрувати навколо самих дверей.

Ce mouvement difficile a également nécessité beaucoup d'efforts.

Цей складний рух також вимагав чимало зусиль.

Il ne voulait pas tomber maladroitement dans la pièce voisine.

Він не хотів незграбно впасти до сусідньої кімнати.

Il n'avait donc pas le temps de prêter attention à quoi que ce soit d'autre.

Тож у нього не було часу звертати увагу на щось інше.

Mais il entendit alors le chef de bureau s'exclamer bruyamment : « Oh ! »

Але потім він почув, як головний клерк голосно вигукнув: «О!»

On aurait dit que le vent soufflait en rafales dans la maison.

Звучало так, ніби вітер пронизував будинок.

Il se trouvait être celui qui était le plus proche de la porte.

Випадково він був тим, хто був найближче до дверей.

Et maintenant, en le voyant, il porta sa main à sa bouche.

І тепер, побачивши його, він приклав руку до рота.

Il recula lentement, s'éloignant de Gregor.

Він повільно відступив назад, подалі від Грегора.

Mais c'était comme si une force invisible agissait sur lui.

Але на нього ніби діяла якась невидима сила.

La première chose que fit la mère fut de regarder le père.

Перше, що зробила мати, це подивилася на батька.

Malgré la présence du gérant, ses cheveux étaient en désordre.

Незважаючи на присутність менеджера, її волосся було скуйовджене.

Elle déplia les bras et fit deux pas en avant.

Вона розпростерла руки й зробила два кроки вперед.

Mais elle s'est effondrée au milieu de sa jupe.

Але потім вона впала посеред спідниці.

Sa robe s'est étalée tout autour d'elle sur le sol.

Її сукня розтягнулася навколо неї по підлозі.

Et sa tête disparut sur sa poitrine.

І її голова зникла на власних грудях.

Le père serra le poing avec une expression hostile.

Батько стиснув кулак з ворожим виразом обличчя.

Il semblait vouloir que Gregor soit renvoyé dans sa chambre.

Здавалося, він хотів, щоб Грегора заштовхали назад до його кімнати.

Il jeta ensuite un regard incertain autour du salon.

Потім він невпевнено озирнувся по вітальні.

Et finalement, il se couvrit les yeux entre ses mains.

І нарешті він закрив очі долонями.

Et il pleura amèrement jusqu'à ce que sa poitrine puissante tremble.

І він гірко плакав, аж поки його могутні груди не затремтіли.

Gregor n'est en réalité pas entré dans leur chambre.

Грегор насправді взагалі не заходив до їхньої кімнати.

Au lieu de cela, il s'appuya contre le cadre de la porte.

Натомість він прихилився до дверної рами.

Seule la moitié de son corps était visible de l'extérieur.

Лише половина його тіла була видна тим, хто був зовні.

Et sur son corps reposait sa tête, inclinée sur le côté.

А зверху його тіла була голова, нахилена набік.

La lumière était désormais devenue beaucoup plus vive qu'auparavant.

На той час світло стало набагато яскравішим, ніж раніше.

On pouvait désormais voir clairement l'autre côté de la rue.

Тепер було чітко видно інший бік вулиці.

Une partie de l'hôpital gris et interminable se dévoila.

Попереду відкрилася частина безкінечної сірої лікарні.

La pluie matinale n'avait pas encore complètement cessé de tomber.

Ранковий дощ ще не зовсім припинився.

Mais maintenant, les gouttes de pluie étaient plus grosses et plus espacées.

Але тепер краплі дощу були більші та далі одна від одної.

Les plats du petit-déjeuner étaient disposés en abondance sur la table.

Страв на сніданок було на столі вдосталь.

Le père considérait le petit-déjeuner comme le repas le plus important.

Батько вважав сніданок найважливішим прийомом їжі.

Le petit-déjeuner était un repas qu'il s'éternisait pendant des heures.

Сніданок був трапезою, яку він тягнув годинами.

Et pendant ces heures, il lisait les différents journaux.

І в ці години він читав різні газети.

Juste en face, sur le mur, était accrochée une photo de Gregor.

Якраз на протилежній стіні висіла фотографія Грегора.

La photographie accrochée au mur le montrait en lieutenant.

На фотографії на стіні він був зображений у званні лейтенанта.

C'était une photo de l'époque où il était dans l'armée.

Це було фото з часів, коли він служив у армії.

Sa main était posée sur son épée, et il arborait un sourire insouciant.

Його рука була на мечі, а на очах у нього була безтурботна посмішка.

Sa posture et son uniforme imposaient un certain respect.

Його постава та уніформа вимагали певної поваги.

L'autre porte qui menait à l'antichambre était également ouverte.

Інші двері, що вели до передпокою, також були відчинені.

Et la porte de l'appartement était encore ouverte elle aussi.

І двері до квартири також були відчинені.

On pouvait voir jusqu'à la cour de l'immeuble.

Звідти було видно аж до переднього двору квартири.

Puis les escaliers descendaient sur la rue en contrebas.

А потім сходи вели вниз, на вулицю.

Gregor était le seul à avoir gardé son sang-froid.

Грегор був єдиним, хто зберіг самовладання.

Il a constaté cela, la conversation était donc de sa responsabilité.

Він це бачив, тому розмова була його відповідальністю.

« Bon, je vais m'habiller pour le travail maintenant », dit-il.

«Ну, я зараз одягнуся на роботу», – сказав він.

« Une fois que j'aurai emballé les échantillons de tissu, je partirai. »

«Після того, як я спакую зразки текстилю, я піду».

«Vous comptez toujours me tirer dessus, Monsieur Prokurist ?»

«Ви все ще маєте намір мене звільнити, пане Прокурист?»

« Comme vous pouvez le constater, je ne suis pas aussi têtue que vous le pensiez. »

«Як бачиш, я не такий упертий, як ти думав».

« Et vous pouvez constater que j'aime bien travailler, après tout. »

«І ви бачите, що я таки люблю працювати».

« Je peux admettre que voyager pour le travail n'est pas facile. »

«Можу визнати, що подорожувати у справах непросто.»

« Mais je peux aussi accepter que cela fasse partie de mon travail. »

«Але я також можу прийняти те, що це частина моєї роботи».

« Chef de projet, où allez-vous ? Retournez-vous au bureau ? »

"Менеджере, куди ви йдете? Назад до офісу?"

« Allez-vous rapporter fidèlement tout ce que vous avez vu ?
»
«Ви правдиво розповісте про все, що бачили?»
«Il arrive parfois qu'on soit dans l'incapacité d'aller
travailler.»
«Іноді трапляється, що людина не може ходити на
роботу».
« C'est le moment idéal pour se souvenir des succès passés. »
«Це саме той час, щоб згадати минулі досягнення».
« Une fois la difficulté surmontée, on travaille encore mieux.
»
«Після усунення труднощів людина працює ще краще».
« Ma diligence et ma concentration vont augmenter. »
«Моя старанність та зосередженість зростатимуть».
«Vous savez très bien que je suis redevable envers le
patron.»
«Ти ж добре знаєш, що я в боргу перед начальником».
« Mais je suis aussi inquiète pour mes parents et ma sœur. »
«Але також я хвилююся за своїх батьків і сестру».
« Je suis dans une situation délicate, mais je vais m'en sortir.
»
«Я у скрутному становищі, але я з нього виберуся».
« Ne compliquez pas davantage les choses. »
«Не ускладнюй це, ніж воно вже є».
« En tant que collègues, nous devons aussi nous entraider. »
«Як колеги по роботі, ми також повинні допомагати один
одному».
« Je sais que les employés de bureau n'aiment pas les
voyageurs. »
«Я знаю, що офісні працівники не люблять мандрівників».
«Vous croyez qu'on gagne des fortunes et qu'on mène une
vie confortable.»
«Ти думаєш, що ми заробляємо статки та ведемо гарне
життя».
« Ils n'ont aucune raison valable de tenir compte de leurs
préjugés. »

«У них немає реальних підстав враховувати свої упередження».

« Mais vous, agent habilité, votre rôle est différent. »

«Але у вас, уповноважений офіцер, інша роль».

«Vous avez une meilleure vue d'ensemble que les autres membres du personnel.»

"У вас кращий огляд, ніж у інших співробітників."

« En fait, je pense que vous avez peut-être la meilleure vue d'ensemble. »

«Насправді, я думаю, що ви маєте найкращий огляд ситуації.»

«Vous avez une meilleure vision d'ensemble que le patron lui-même.»

«У тебе кращий огляд, ніж у самого начальника».

« J'admets que c'est le patron qui fait le travail d'entrepreneur. »

«Я визнаю, що начальник справді виконує підприємницьку роботу».

« Mais il est facile de se tromper dans ses jugements. »

«Але його судження легко помилитися».

« Et ces petites erreurs de jugement peuvent nous être préjudiciables. »

«І ці невеликі помилки можуть бути нам на шкоду».

«Vous savez combien il est facile de parler du voyageur.»

«Ти ж знаєш, як легко говорити про мандрівника».

« Il n'est pas là pour défendre sa réputation contre les rumeurs. »

«Він там не для того, щоб захищати свою репутацію від пліток».

« Ces accusations peuvent très bien n'être que des coïncidences. »

«Ці звинувачення легко можуть бути просто збігами».

« Nombre de ces plaintes ne reposent même sur aucune vérité. »

«Багато скарг навіть не ґрунтуються на жодній істині».

«Il est absent du bureau pendant presque toute l'année.»

«Його майже цілий рік немає в офісі».

«Quelles chances a-t-il de défendre sa propre réputation ?»

«Який у нього шанс захистити власну репутацію?»

«Il n'a même pas connaissance des accusations.»

«Він навіть не чує про звинувачення».

«Il découvre ce qui a été dit lorsqu'il est trop tard.»

«Він дізнається, що було сказано, коли вже надто пізно».

« À ce stade, il est épuisé par le voyage de la journée. »

«На той момент він вже виснажений після денної подорожі».

« Il devra de toute façon en subir les terribles conséquences. »

«Йому все одно доведеться відчути жахливі наслідки».

« Même s'il n'a aucun moyen de comprendre le problème. »

«Хоча він ніяк не може зрозуміти проблему».

« Oh, manager, ne partez pas sans me dire un mot. »

"О, менеджере, не йдіть, не сказавши мені ні слова."

«Dites-moi au moins que vous êtes d'accord avec moi en partie.»

«Хоча б скажи, що ти частково зі мною згоден».

Mais le directeur s'était détourné de Gregor bien plus tôt.

Але менеджер відвернувся від Грегора набагато раніше.

Son épaule tressaillit lorsqu'il se retourna vers Gregor.

Його плече сіпнулося, коли він глянув на Грегора.

Et il n'est pas resté immobile une seule fois pendant tout son discours.

І він жодного разу не зупинився на місці під час промови.

Il se retournait vers Gregor, les lèvres pincées.

Він дивився на Грегора, стиснувши губи.

Il reculait progressivement vers la porte.

Він поступово відступав до дверей.

Mais il ne pouvait pas non plus détacher son regard de Gregor.

Але він також не міг відвести погляду від Грегора.

Il avait l'impression qu'il lui était secrètement interdit de quitter la pièce.

Він відчував, ніби існує таємна заборона виходити з кімнати.

Mais à ce stade, il se trouvait déjà dans le hall d'entrée.

Але на цьому етапі він уже був у вхідній залі.

Et soudain, il fit un mouvement vers la sortie.

І тепер він різко рушив до виходу.

Il tendit la main droite vers les escaliers.

Він простягнув праву руку до сходів.

Peut-être qu'une force surnaturelle attendait pour le sauver.

Можливо, якась надприродна сила чекала на його порятунок.

Gregor savait qu'il ne pouvait pas le laisser partir comme ça.

Грегор знав, що не може дозволити йому так піти.

Le manager ne doit pas revenir dans le même état d'esprit qu'avant.

Менеджер не повинен повертатися в такому настрої, в якому він був.

La sécurité de l'emploi de Gregor était fortement menacée.

Безпека роботи Грегора була під великою загрозою.

Les parents ne comprenaient pas tout cela.

Батьки не могли до кінця зрозуміти всього цього.

Au fil des ans, ils s'étaient habitués à sa sécurité d'emploi.

З роками вони звикли до його стабільної роботи.

Et ils étaient convaincus qu'il avait ce poste à vie.

І вони переконалися, що ця робота в нього на все життя.

Au lieu de cela, ils s'étaient préoccupés d'autres soucis.

Натомість вони були зайняті іншими турботами.

Mais ces préoccupations leur ont fait perdre toute prévoyance.

Але ці побоювання призвели до того, що вони втратили будь-яку передбачливість.

Gregor, cependant, n'avait pas perdu la clairvoyance de ses parents.

Грегор, однак, не втратив батьківської передбачливості.

Il a fallu que quelqu'un arrête le représentant autorisé.

Хтось мав зупинити уповноваженого представника.

Il allait devoir le calmer et le convaincre.

Йому доведеться його заспокоїти та переконати.

L'avenir de Gregor et de sa famille en dépendait !

Майбутнє Грегора та його родини залежало від цього!

Si seulement sa sœur intelligente avait été là pour l'aider.

Якби ж тільки розумна сестра була тут, щоб допомогти.

Elle avait déjà pleuré alors que Gregor était encore dans sa chambre.

Вона вже плакала, коли Грегор ще був у своїй кімнаті.

À ce moment-là, il était simplement allongé tranquillement sur le dos.

У той момент він просто спокійно лежав на спині.

Elle connaissait déjà l'importance de la situation à ce moment-là.

Вона вже тоді усвідомлювала важливість ситуації.

Le directeur était connu pour avoir un faible pour les femmes.

Менеджер мав добре відому слабкість до жінок.

Elle aurait facilement pu le persuader de rester plus longtemps.

Вона могла б легко вмовити його залишитися довше.

Elle aurait fermé la porte et l'aurait fait rentrer.

Вона б зачинила двері та провела його назад.

Mais malheureusement, sa sœur était partie chercher un médecin.

Але, на жаль, сестра пішла за лікарем.

Gregor n'avait donc pas d'autre choix que de le faire lui-même.

Тож у Грегора не було іншого вибору, окрім як зробити це самому.

Il n'avait pas réfléchi à quelles étaient réellement ses capacités.

Він не замислювався над тим, які його здібності насправді.

Et il avait oublié de se méfier de sa capacité à parler.

І він забув не довіряти своїй здатності говорити.

Mais il a néanmoins quitté la sécurité de sa chambre.

Але все ж таки він покинув безпечну кімнату.

Et il se faufila par l'ouverture de la pièce.

І він проштовхнувся крізь отвір кімнати.

Le directeur était déjà en train de descendre les escaliers.

Менеджер вже спускався сходами.

Mais il s'accrochait à la rambarde à deux mains.

Але він тримався за перила обома руками.

Gregor tomba en se poussant à travers la porte.

Грегор упав, проштовхуючись крізь двері.

Il laissa échapper un petit cri en cherchant un appui.

Він тихо скрикнув, схопившись за щось, щоб
підтриматися.

Mais au lieu de paniquer, il a ressenti un bien-être physique.

Але замість паніки він відчував фізичне благополуччя.

**Pour la première fois ce matin-là, quelque chose semblait
juste.**

Вперше того ранку щось здавалося правильним.

Il avait désormais toutes les jambes bien ancrées au sol.

Тепер під усіма його ногами була тверда земля.

**Il était surpris de constater à quel point il contrôlait bien ses
jambes.**

Він був здивований, як добре він міг контролювати свої
ноги.

**Il était heureux de constater que ses jambes lui obéissaient
parfaitement.**

Він був радий помітити, що його ноги повністю йому
слухаються.

En réalité, ses jambes le portaient partout où il le voulait.

Насправді, ноги несли його, куди він хотів.

Bientôt, tous ses chagrins allaient prendre fin.

Невдовзі всім його печалям мав настати кінець.

Mais au même moment, sa propre mère se leva d'un bond.

Але тієї ж миті підскочила його власна мати.

Ses bras étaient tendus et ses doigts écartés.

Її руки були витягнуті, а пальці розчепірені.

**Et elle s'est écriée : « Au secours ! Au nom de Dieu, que
quelqu'un m'aide ! »**

І вона закричала: «Допоможіть, заради Бога, хтось
допоможіть!»

Elle inclina la tête ; elle voulait mieux voir Gregor.

Вона нахилила голову; вона хотіла краще роздивитися Грегора.

Mais contrairement à sa première action, elle est revenue en courant.

Але, скасовуючи першу дію, вона побігла назад.

Elle avait oublié que la table était mise derrière elle.

Вона забула, що стіл позаду неї накритий.

Tout ce qui était prévu pour le petit-déjeuner était encore sur la table.

Все, що було потрібно на сніданок, все ще було на столі.

Elle s'assit précipitamment sur la table, comme distraite.

Вона поспішно сіла за стіл, ніби розсіяна.

Et elle n'a pas semblé remarquer le café renversé.

І вона, здається, не помітила розлитої кави.

Le café était maintenant en train d'imbiber la moquette.

Кава, яка тепер вбиралася в килим.

« Maman, maman », dit doucement Gregor en levant les yeux vers elle.

«Мамо, мамо», — тихо сказав Грегор, дивлячись на неї.

Pour le moment, le manager ne lui importait pas.

Наразі менеджер не був для нього важливим.

Mais il y avait aussi le café qui coulait sur la moquette.

Але також там була кава, що капала на килим.

Gregor n'a pas pu s'empêcher de claquer des dents devant le café.

Грегор не втримався і клацнув щелепами кавою.

La mère se remit à pleurer à cause de son comportement.

Мати знову почала плакати через його поведінку.

Elle a sauté de la table pour prendre ses distances avec lui.

Вона зіскочила зі столу, щоб віддалитися від нього.

Et elle s'est réfugiée dans les bras de son père.

І вона побігла в обійми батька, щоб сховатися.

Mais Gregor n'avait plus de temps à consacrer à ses parents.

Але у Грегора тепер не було вільного часу для батьків.

L'agent habilité se trouvait déjà dans l'escalier.

Уповноважений офіцер вже був на сходах.

Il avait le menton appuyé sur la rambarde, pour regarder à l'intérieur de la maison.

Він сперся підборіддям на перила, щоб зазирнути в будинок.

Apparemment, il voulait jeter un dernier coup d'œil au spectacle.

Мабуть, він хотів востаннє поглянути на це видовище.

Et Gregor fit un dernier effort pour joindre le directeur.

І Грегор зробив останню спробу додзвонитися до менеджера.

Il courut vers la porte aussi prudemment qu'il le put.

Він побіг до дверей якомога безпечніше.

Mais le chef de bureau devait se douter de quelque chose.

Але головний клерк, мабуть, щось запідозрив.

Parce qu'il a descendu quelques marches et a disparu.

Бо він стрибнув униз з кількох сходинок і зник.

« Hein ! » s'écria Gregor, sa voix résonnant dans la cage d'escalier.

«Га!» — крикнув Грегор, луною відлунюючи сходами.

La fuite du manager sembla également déconcerter son père.

Втеча менеджера, здавалося, також збентежила його батька.

Jusque-là, il était parvenu à garder son calme.

До того часу йому вдавалося залишатися досить спокійним.

Mais malheureusement, lui aussi a perdu le sang-froid qu'il avait eu.

Але, на жаль, він також втратив колишню самовладання.

Il aurait dû aider Gregor dans sa quête.

Що він мав зробити, це допомогти Грегору в його переслідуванні.

Mais, d'une main, il saisit la canne du directeur.

Але він схопив в одну руку тростину менеджера.

Et dans l'autre main, il tenait maintenant un journal.

А в іншій руці він тепер тримав газету.

Et il entravait désormais directement Gregor dans sa poursuite.

І тепер він прямо завадив Грегору в його переслідуванні.
Il s'était placé entre Gregor et la rue.
Він став між Грегором і вулицею.
Il tapa du pied et agita le bâton et le journal.
Він тупнув ногами та помахав палицею й газетою.
Et il forçait activement Gregor à retourner dans sa chambre.
І він активно силоміць заштовхував Грегора назад до своєї
кімнати.
Aucune des demandes formulées par Gregor n'a été utile.
Жодне з прохань, які намагався зробити Грегор, не
допомогло.
Parce qu'aucune de ses demandes n'a été comprise.
Бо жодне з його прохань не було зрозумілим.
Il tourna la tête vers un angle plus profond et plus humble.
Він повернув голову глибше, скромніше.
Mais son père répondit en tapant du pied encore plus fort.
Але його батько відповів, ще сильніше тупнувши ногами.
La mère ouvrit une fenêtre, malgré la fraîcheur ambiante.
Мати відчинила вікно, незважаючи на прохолодну погоду.
Et elle enfouit son visage dans ses mains froides.
І вона затулила обличчя долонями від холоду.
Le vent pouvait désormais traverser tout l'appartement.
Вітер тепер міг проходити крізь усю квартиру.
Un fort courant d'air soufflait de l'escalier vers la ruelle.
Зі сходів до провулка дув сильний протяг.
Les rideaux claquaient sous l'effet du vent violent.
Штори майоріли від сильного вітру.
Et le journal posé sur la table bruissait dans le vent.
А газета на столі шелестіла на вітрі.
**Même des feuilles ont été soufflées à l'intérieur de la maison
depuis l'extérieur.**
Навіть деяке листя занесло в будинок ззовні.
Le père tapa du pied et poussa sans relâche.
Батько тупотів ногами та невпинно штовхався.
**Et il sifflait et émettait des bruits comme un homme
sauvage.**
І він шипів та видавав звуки, як це робив дикун.

Mais Gregor ne s'était pas encore entraîné à marcher à reculons.

Але Грегор ще не навчився ходити задом наперед.

Même Gregor admettrait que ce mouvement était beaucoup plus lent.

Навіть Грегор визнав би, що цей рух був набагато повільнішим.

Tout ce qu'il souhaitait, c'était avoir la possibilité de faire demi-tour.

Однак усе, чого він хотів, це можливість розвернутися.

Il serait alors allé directement dans sa chambre.

Тоді він би одразу пішов до своєї кімнати.

Mais il avait trop peur d'impatienter son père.

Але він надто боявся розлютити батька.

Et il y avait la menace d'un coup de bâton.

І існувала загроза удару палицею.

Un tel coup à l'arrière de la tête pourrait être fatal.

Такий удар по потилиці може бути смертельним.

Mais finalement, Gregor n'avait pas d'autre choix.

Але зрештою у Грегора не залишилося іншого вибору.

Il s'est rendu compte qu'il ne pouvait même plus marcher droit à reculons.

Він зрозумів, що навіть не може ходити прямо задом наперед.

Il commença à se retourner aussi vite qu'il le put.

Він почав обертатися так швидко, як тільки міг.

Mais en réalité, ce mouvement de rotation était tout aussi lent.

Але насправді цей поворотний рух був таким же повільним.

Et il fut suivi des regards anxieux du père.

І за ним стежили тривожні погляди батька.

Peut-être le père avait-il remarqué les bonnes intentions de Gregor.

Можливо, батько помітив добрі наміри Грегора.

Parce qu'il ne l'a pas empêché de se retourner.

Бо він не заважав йому розвернутися.

Il a même utilisé le bout de son bâton pour guider la rotation.

Він навіть використовував кінчик своєї палиці, щоб керувати обертанням.

Mais Gregor aurait préféré que son père ne lui ait pas sifflé dessus !

Але Грегор все ж таки шкодував, що батько на нього зашипів!

Le sifflement ne fit qu'ajouter à la confusion du moment.

Шипіння лише посилило сум'яття моменту.

Puis il a commis une erreur et a tourné dans la mauvaise direction.

А потім він помилився і повернув не в той бік.

Finalement, il a réussi à se tourner dans la bonne direction.

Зрештою, йому таки вдалося повернутися у правильний бік.

Et il était satisfait des progrès qu'il avait accomplis.

І він був задоволений досягнутим прогресом.

Mais un autre problème est alors devenu encore plus évident.

Але потім наступна проблема стала ще більш очевидною.

Son corps était trop large pour passer facilement la porte.

Його тіло було занадто широким, щоб легко пролізти крізь двері.

Dans son état actuel, le père ne s'en est pas aperçu.

У своєму нинішньому стані батько цього не помітив.

Il ne lui vint donc pas à l'esprit d'ouvrir davantage la porte.

Тож йому не спало на думку відчинити двері далі.

Il y aurait alors eu suffisamment de place pour Gregor.

Тоді для Грегора було б достатньо місця.

Sa seule priorité était de faire entrer Gregor dans sa chambre.

Його єдиним пріоритетом було завести Грегора до своєї кімнати.

Il aurait dû se lever pour passer la porte.

Йому довелося б встати, щоб пролізти крізь двері.

Mais le père n'aurait pas permis une telle manœuvre.

Але батько не дозволив би такого маневру.

En fait, il le sifflait encore plus sauvagement qu'avant.

Насправді він шипів на нього ще шаленіше, ніж раніше.

On aurait dit qu'il y avait plus d'un homme qui lui sifflait dessus.

Це звучало так, ніби на нього шипів не просто один чоловік.

Ses revendications semblaient revêtir une nouvelle urgence.

Здавалося, що його вимоги мали нову невідкладність.

Il n'y avait vraiment plus de temps à perdre.

Тепер справді більше не було часу балуватися.

Quoi qu'il arrive, Gregor devait franchir la porte.

Що б не сталося, Грегор мусив пройти крізь двері.

Il s'est imposé sans aucun égard pour lui-même.

Він протиснувся крізь це без жодної самоповаги.

Un côté de son corps fut projeté vers le haut par le mouvement.

Один бік його тіла піднявся вгору через рух.

Et il était allongé de travers, maladroitement, dans l'embrasure de la porte.

І він лежав незграбно та криво між дверима.

Un de ses flancs était à vif à cause du frottement contre le bois.

Один з його боків був стертий об дерево.

Et il avait laissé des taches disgracieuses sur la porte peinte en blanc.

І він залишив жахливі плями на білих пофарбованих дверях.

Les jambes d'un de ses côtés pendaient en tremblant dans le vide.

Ноги з одного боку його тремтячими ногами звисали в повітрі.

Ses autres jambes étaient douloureusement enfoncées dans le sol.

Інші його ноги були боляче притиснуті до підлоги.

Bientôt, il allait se retrouver complètement coincé entre la porte et le mur.

Невдовзі він остаточно застрягне між дверима.

Et alors, il n'aurait plus pu bouger du tout.

І тоді він би взагалі не зміг рухатися.

Mais le père lui a donné une forte impulsion véritablement libératrice.

Але батько дав йому справді визвольний сильний поштовх.

Et il tomba, ensanglanté, loin dans sa chambre.

І він упав, сильно стікаючи кров'ю, далеко у свою кімнату.

Le père claqua la porte derrière lui avec sa canne.

Батько грюкнув за собою дверима палицею.

Et puis, enfin, le calme et la tranquillité revinrent.

І ось нарешті знову запанували мир і тиша.

Deuxième partie
Частина друга

Gregor ne s'est réveillé que bien plus tard dans la journée.

Грегор прокинувся лише значно пізніше того ж дня.

Le crépuscule était tombé ; il avait dormi profondément, inconsciemment.

Вже сутінки опустилися; він спав міцно та непритомно.

Il se serait réveillé même sans avoir été dérangé.

Він би прокинувся навіть без турботи.

Parce qu'il se sentait suffisamment reposé et avait bien dormi.

Бо він справді почувався достатньо відпочившим і добре виспавшися.

Mais il crut entendre quelques pas furtifs à l'extérieur.

Але йому здалося, що він почув якісь швидкоплинні кроки зовні.

Et quelqu'un aurait pu refermer soigneusement la porte d'entrée.

І хтось міг обережно зачинити вхідні двері.

La lumière du tramway électrique se projetait faiblement au plafond.

Світло електричного трамвая блідо лежало на стелі.

Le dessus du meuble a également reçu un peu de lumière.

Верхня частина меблів також отримала трохи світла.

Mais en bas, au niveau de Gregor, il faisait sombre.

Але внизу, на рівні Грегора, було темно.

Ses jambes le poussèrent lentement de nouveau vers la porte.

Його ноги повільно знову штовхали його до дверей.

Il était très curieux de voir ce qui s'était passé là-bas.

Йому було дуже цікаво побачити, що там сталося.

Mais le contrôle de ses antennes n'était pas encore développé.

Але його контроль над своїми щупальцями ще не був розвинений.

Bien qu'il ait commencé à apprécier ces nouveaux capteurs.

Хоча він почав цінувати ці нові датчики.
Une longue et disgracieuse cicatrice semblait lui barrer le flanc gauche.
Здавалося, що вздовж його лівого боку тягнувся довгий неприємний шрам.
La cicatrice lui donnait l'impression de contracter ce côté de son corps.
Шрам ніби стягував цю сторону його тіла.
Il devait donc littéralement boiter en s'appuyant sur ses deux rangées de pattes.
І тому йому довелося буквально шкутильгати на двох рядах ніг.
L'une de ses jambes avait été grièvement blessée ce matin-là.
Того ранку в нього була серйозно травмована одна нога.
C'était vraiment un miracle qu'il ne se soit pas cassé plus de jambes.
Справді, це було диво, що він не зламав більше ніг.
Et il traîna donc sa jambe blessée, inerte, derrière lui.
І так він безжиттєво тягнув за собою поранену ногу.
Lorsqu'il atteignit la porte, il réalisa quelque chose de profond.
Коли він підійшов до дверей, то зрозумів щось глибоке.
C'était l'odeur de quelque chose qui l'avait attiré là.
Це був запах чогось, що його туди вабило.
Quelque chose de comestible avait été laissé pour Gregor dans sa chambre.
Для Грегора в його кімнаті залишили щось їстівне.
Des morceaux de pain blanc flottant dans un bol de lait sucré.
Шматочки білого хліба плавають у мисці із солодким молоком.
Il pouvait à peine contenir la joie qui l'habitait.
Він ледве міг стримати радість, що вирувала всередині нього.
Il avait encore plus faim maintenant que le matin.
Він був ще голодніший, ніж вранці.
Il plongea aussitôt la tête dans le bol de lait.

Він одразу ж занурив голову в миску з молоком.

Le lait lui recouvrait presque toute la tête, jusqu'aux yeux.

Молоко вилилося майже на всю його голову, аж до очей.

Mais il a rapidement retiré sa tête, amèrement déçu.

Але він невдовзі відкинув голову назад, гірко розчарований.

L'alimentation était difficile en raison de la fragilité de son côté gauche.

Їсти було важко через його делікатний лівий бік.

Et il ne pouvait manger qu'en haletant de tout son corps.

І він міг їсти, лише задихаючись усім тілом.

Mais ce n'était pas la véritable raison de sa déception.

Але це було не справжньою причиною його розчарування.

Le lait avait toujours été l'un de ses plats préférés.

Молоко завжди було однією з його улюблених страв.

Il ne doutait pas que sa sœur s'en souvenait.

Він не сумнівався, що його сестра це пам'ятала.

Et c'est pour cela qu'elle lui avait donné du lait.

І саме тому вона дала йому молока.

Il n'a pas su expliquer pourquoi il n'aimait plus le lait.

Він не міг пояснити, чому йому тепер не подобається молоко.

Et il se détourna du bol presque à contrecœur.

І він майже з неохотою відвернувся від миски.

Déçu, il retourna en rampant au milieu de la pièce.

Розчарований, він поповз назад на середину кімнати.

De là, il pouvait voir à travers la fente de la porte.

Тут він зміг бачити крізь щілину у дверях.

Il pouvait voir que le feu était allumé dans le salon.

Він бачив, що камін у вітальні горів.

Habituellement, à cette heure-ci, le père lisait le journal.

Зазвичай у цей час батько читав газету.

Il avait toujours l'habitude de lire à sa mère à voix haute.

Він завжди читав матері підвищеним голосом.

Parfois, la sœur écoutait aussi les conversations du père.

Іноді сестра також підслуховувала батька.

Elle avait toujours parlé à Gregor de ces lectures à voix haute.

Вона завжди розповідала Грегору про це читання вголос.

Mais aujourd'hui, aucun son ne provenait de la pièce.

Але сьогодні з кімнати не доносилося жодного звуку.

Peut-être cette habitude s'était-elle déjà perdue.

Можливо, ця звичка вже вийшла з практики.

Un silence profond s'était installé dans tout l'appartement.

Глибока тиша запанувала над усією квартирою.

Bien qu'il sût que l'appartement n'était certainement pas vide.

Хоча він знав, що квартира точно не порожня.

« Quelle vie tranquille mène cette famille », pensa Gregor.

«Яке ж тихе життя веде ця родина», — подумав Грегор.

Et il fixa l'obscurité avec une grande fierté.

І він з великою гордістю дивився в темряву.

Il était fier de la vie qu'il avait pu leur offrir.

Він пишався життям, яке зміг їм подарувати.

Il était fier du bel appartement qu'ils occupaient.

Він пишався гарною квартирою, в якій вони жили.

Mais cette paix était-elle sur le point de connaître une fin tragique ?

Але чи мав увесь цей мир настати жахливий кінець?

Allait-on leur ravir leur prospérité ?

Чи їхнє процвітання буде забрано у них?

Leur bonheur était-il désormais incertain pour l'avenir ?

Чи було їхнє задоволення тепер невизначеним у майбутньому?

Mais il ne voulait pas se perdre dans de telles pensées.

Але він не хотів поринати в такі думки.

Pour s'occuper, il grimpait et descendait les murs.

Щоб чимось зайнятися, він повзав по стінах.

Durant cette longue soirée, une porte était entrouverte.

Протягом довгого вечора одні двері були трохи прочинені.

Et à un autre moment, l'autre porte s'ouvrit légèrement.

А іншим разом інші двері трохи відчинилися.

Mais à chaque fois, les portes se sont refermées aussitôt.

Але обидва рази двері швидко зачинялися.

De toute évidence, quelqu'un à l'extérieur souhaitait entrer.

Очевидно, хтось ззовні мав бажання зайти всередину.

Mais ils avaient aussi trop d'inquiétudes à l'idée de venir.

Але у них також було забагато побоювань щодо приходу.

Gregor s'arrêta alors net devant la porte du salon.

Грегор зупинився прямо біля дверей вітальні.

Il était déterminé à trouver un moyen de tenter le visiteur hésitant.

Він був сповнений рішучості якось спокусити вагаючогося гостя.

Il voulait aussi savoir qui était le visiteur.

А також він хотів знати, хто був цей гість.

Mais ce soir-là, la porte ne fut pas ouverte une troisième fois.

Але того вечора двері не відчинили втретє.

Et Gregor passa son temps à attendre en vain près de la porte.

І Грегор даремно чекав біля дверей.

Plus tôt dans la journée, ils avaient tous voulu entrer dans la pièce.

Раніше того ж дня вони всі хотіли зайти до кімнати.

Maintenant que les portes étaient déverrouillées, ce serait plus facile pour eux.

Тепер, коли двері були відчинені, їм було б легше.

Mais ils ont choisi de rester de l'autre côté de la pièce.

Але вони вирішили залишитися на іншому боці кімнати.

Gregor remarqua que les clés n'étaient plus dans leurs serrures.

Грегор помітив, що ключів більше немає в їхніх замках.

Quelqu'un a dû déplacer les clés vers la serrure extérieure.

Хтось, мабуть, переклав ключі до зовнішнього замка.

Ce n'est que tard dans la nuit que la lumière du salon était éteinte.

Лише пізно вночі світло у вітальні вимкнули.

La famille a dû rester éveillée tout ce temps.

Родина, мабуть, весь цей час не спала.

Et Gregor pouvait clairement les entendre s'éloigner sur la pointe des pieds.

І Грегор чітко чув, як вони навшпиньки відходять.

Désormais, personne n'allait venir voir Gregor avant le lendemain matin.

Тепер ніхто не збирався приходити до Грегора до ранку.

Il eut donc tout le temps d'être seul, de réfléchir en toute tranquillité.

Тож у нього був довгий час для себе, щоб спокійно подумати.

Quelle serait la meilleure façon de réorganiser sa vie maintenant ?

Як би найкраще було зараз реорганізувати його життя?

Mais les hauts murs de la pièce vide l'effrayaient.

Але високі стіни порожньої кімнати лякали його.

Il n'avait pas d'autre choix que de s'allonger à plat ventre sur le sol.

Йому не залишалося нічого іншого, як лягти ниць на землю.

Et il n'a jamais trouvé la cause de sa peur dans cet espace.

І він так і не знайшов причини свого страху в цьому просторі.

C'était la même pièce où il avait vécu pendant cinq ans.

Це була та сама кімната, в якій він жив п'ять років.

Semi-consciemment, il fit un mouvement vers le canapé.

Напівсвідомо він рушив до дивана.

Et sans aucune honte, il se cacha sous le canapé.

І без жодного сорому сховався під диваном.

Là-bas, il se sentit immédiatement de nouveau très à l'aise.

Там, унизу, він одразу ж знову відчув себе дуже комфортно.

Bien que son dos soit un peu comprimé.

Незважаючи на те, що його спина була трохи притиснута.

Il ne pouvait plus non plus lever la tête sous le canapé.

Він також більше не міг підняти голову з-під дивана.

Mais même cela, il préférait éviter de se trouver dans un espace ouvert.

Але навіть цьому він надавав перевагу, ніж будь-якій відкритій місцевості.

Il regrettait toutefois que son corps soit si large.

Однак він шкодував, що його тіло було таким широким.

Le canapé ne pouvait pas recouvrir entièrement son corps.

Диван не міг повністю прикрити все його тіло.

Il est resté sous le canapé toute la nuit.

Він пролежав під диваном усю ніч.

Il passa la nuit à moitié endormi, troublé par sa faim.

Ніч він провів напівсонним, потурбований голодом.

Et le temps qu'il passait éveillé, il le consacrait soit à s'inquiéter, soit à espérer.

А час, коли він не спав, він проводив або в хвилюванні, або сповнений надії.

Mais tous ses vagues espoirs menaient à la même conclusion.

Але всі його невиразні сподівання вели до одного й того ж висновку.

Il n'avait d'autre choix que de rester silencieux pour le moment.

Йому не залишалося нічого іншого, окрім як поки що мовчати.

Il devait faire preuve de patience et de considération envers la famille.

Йому довелося виявляти терпіння та турботу до родини.

C'était le seul moyen de rendre ce désagrément supportable.

Це був єдиний спосіб зробити незручності стерпними.

Le désagrément qu'il imposait désormais à la famille.

Незручності, які він тепер завдавав родині.

Il n'a pas eu à attendre longtemps pour prouver sa compassion.

Йому не довелося довго чекати, щоб довести своє співчуття.

Tôt le matin, sa sœur jeta un coup d'œil dans sa chambre.

Рано-вранці сестра зазирнула до його кімнати.

En réalité, c'était autant la nuit que le matin.

Хоча насправді була така ж ніч, як і ранок.

Elle était entièrement habillée et semblait éprouver de l'excitation.

Вона була повністю одягнена і, здавалося, виявляла хвилювання.

La solidité de sa décision nouvellement prise pourrait être mise à l'épreuve.

Міцність його щойно прийнятого рішення могла бути перевірена.

Elle ne l'a pas immédiatement repéré au premier coup d'œil.

Вона не одразу знайшла його з першого погляду.

Il devait forcément être quelque part ; il n'aurait pas pu s'envoler.

Він мав десь бути; він не міг полетіти.

Puis son regard parcourut une seconde fois la pièce.

Але потім її погляд вдруге окинув кімнату.

Et cette fois, elle a aperçu son torse sous le canapé.

І цього разу вона помітила його торс під диваном.

Elle était si effrayée qu'elle a perdu tout contrôle d'elle-même.

Вона так злякалася, що втратила будь-який самоконтроль.

Et sa première réaction fut de claquer la porte à nouveau.

І її першою реакцією було знову зачинити двері.

Mais elle a aussi semblé immédiatement regretter son comportement.

Але вона також, здавалося, одразу ж пошкодувала про свою поведінку.

Aussitôt qu'elle eut claqué la porte, elle la rouvrit.

Щойно вона грюкнула дверима, то знову їх відчинила.

Et cette fois, elle entra dans la pièce sur la pointe des pieds.

І цього разу вона обережно навшпиньки прокралася до кімнати.

Elle se déplaçait comme si elle rendait visite à une personne gravement malade.

Вона рухалася так, ніби відвідувала тяжкохвору людину.

Ou bien elle rendait visite à un parfait inconnu.

Або ж вона могла відвідати зовсім незнайому людину.

Gregor poussa sa tête presque jusqu'au bord du canapé.

Грегор майже присунув голову до краю дивана.
Et, caché sous le coffre-fort, il l'observait dans la pièce.
І з-під сейфа він спостерігав за нею в кімнаті.
Allait-elle remarquer qu'il avait oublié le lait ?
Чи помітить вона, що він залишив молоко?
Il n'avait pas laissé le lait par manque de faim.
Він не полишав молоко через відсутність голоду.
Allait-elle lui apporter un autre plat ?
Чи збиралася вона принести йому натомість іншу їжу?
Peut-être un plat qui corresponde mieux à ses goûts.
Можливо, страва, яка більше відповідала його
вподобанням.
Mais elle aurait dû remarquer elle-même son appétit.
Але їй довелося б самій помітити його апетит.
Il aurait préféré mourir de faim plutôt que de lui en parler.
Він би волів померти з голоду, ніж дав їй про це знати.
En réalité, il aurait beaucoup aimé le lui dire.
Насправді він би дуже хотів їй розповісти.
Il était vraiment tenté de tirer sur lui depuis sous le canapé.
Йому дуже кортіло вистрілити з-під дивана.
Il avait envie de se jeter aux pieds de sa sœur.
Йому хотілося кинутися до ніг сестри.
Et il voulait lui demander quelque chose de bon à manger.
І він хотів попросити в неї чогось смачного поїсти.
Mais la sœur regarda alors le bol de lait.
Але потім сестра подивилася на миску з молоком.
Elle remarqua aussitôt que le bol était encore plein.
Вона одразу помітила, що миска все ще повна.
Elle était plutôt surprise que Gregor n'ait rien mangé.
Вона була досить здивована, що Грегор нічого не їв.
Seul un peu de lait avait été renversé sur le sol.
Лише трохи молока було розлито на підлогу.
Elle a aussitôt ramassé le bol et l'a emporté.
Вона одразу ж взяла миску та винесла її.
Il vit qu'elle ne ramassait pas le bol à mains nues.
Він бачив, що вона не підняла миску голими руками.
Au lieu de cela, elle ramassa le bol à l'aide d'un des chiffons.

Натомість вона підняла миску однією з ганчірок.
Mais Gregor oublia très vite ce petit détail.
Але Грегор дуже швидко забув про цю незначну деталь.
Il était désormais beaucoup plus enthousiaste à propos d'autre chose.
Тепер його набагато більше хвилювало щось інше.
Qu'est-ce qu'elle pourrait apporter à la place du lait ?
Що вона може принести замість молока?
Il avait diverses idées sur ce qu'elle pourrait apporter.
У нього були різні думки щодо того, що вона може принести.
Mais la gentillesse de sa sœur a dépassé ses espérances.
Але доброта його сестри перевершила його очікування.
Elle comprit qu'elle devait tester ses nouveaux goûts.
Вона зрозуміла, що має перевірити його нові смаки.
Elle a donc apporté toute une sélection de plats différents.
Тож вона принесла цілий асортимент різноманітної їжі.
Légumes à moitié pourris, os du repas du soir.
Напівгнилі овочі, кістки від вечері.
De la sauce solidifiée provenant de leur autre repas.
Затверділий соус з попередньої страви, яку вони їли.
Quelques raisins secs, des amandes, du pain sec, du pain beurré.
Кілька родзинок, трохи мигдалю, сухий хліб, хліб з маслом.
Du pain beurré et salé.
Трохи хліба, намащеного маслом і також посоленого.
Du fromage que Gregor avait déclaré immangeable il y a deux jours.
Сир, який Грегор два дні тому оголосив неїстівним.
Toute cette sélection de nourriture était disposée sur un journal.
Уся ця добірка страв була розміщена на газеті.
Elle a également placé un bol d'eau à côté de ses repas.
І вона також поставила миску з водою поруч із його їжею.
Elle savait que Gregor n'aurait pas mangé devant elle.
Вона знала, що Грегор не їв би перед нею.

Par respect pour lui, elle quitta de nouveau la pièce.

Тож з поваги до нього вона знову вийшла з кімнати.

Et elle a même tourné la clé dans la serrure en partant.

І вона навіть повернула ключ у замку, коли йшла.

Mais elle tourna la clé très doucement et avec précaution.

Але вона повернула ключ дуже тихо та обережно.

De cette façon, seul Gregor saurait que la porte était verrouillée.

Таким чином, тільки Грегор знав би, що двері замкнені.

Il pouvait désormais s'installer aussi confortablement qu'il le souhaitait.

Тепер він міг влаштуватися як завгодно зручніше.

Les jambes de Gregor s'agitaient frénétiquement à l'heure du repas.

Коли настав час їсти, у Грегора підкосилися ноги.

Il est à noter qu'il ne ressentait plus aucune gêne.

Варто зазначити, що він більше не відчував жодного дискомфорту.

Ses blessures doivent déjà être complètement guéries.

Його рани, мабуть, вже повністю загоїлися.

Parce qu'il ne ressentait plus ses anciens handicaps.

Бо він більше не відчував своїх колишніх вад.

Sa nouvelle capacité de guérison le surprit et l'émerveilla.

Його нова здатність зцілювати здивувала та вразила його.

Il y a plus d'un mois, il s'est coupé le doigt avec un couteau.

Більше місяця тому він порізав палець ножем.

Il y a encore deux jours, cette blessure le faisait souffrir.

Ще два дні тому ця рана все ще боліла в нього.

« Suis-je beaucoup moins sensible maintenant ? » pensa-t-il.

«Чи я тепер набагато менш чутливий?» — подумав він про себе.

À ce moment-là, il suçait déjà goulûment le fromage.

Він уже жадібно смоктав сир.

Il était plus attiré par le fromage que par les autres aliments.

Його більше тягнуло до сиру, ніж до іншої їжі.

Il mangeait rapidement un morceau de fromage après l'autre.

Він швидко з'їв один шматочок сиру за іншим.

Ses yeux s'embuèrent de satisfaction à la vue de ce goût.

Його очі сльозилися від задоволення від смаку.

Après le fromage, il mangea les légumes et la sauce.

Після сиру він з'їв овочі та соус.

Cependant, les aliments frais ne lui plaisaient pas.

Однак свіжа їжа здалася йому несмачною.

En fait, il ne supportait même pas l'odeur des aliments frais.

Насправді, він навіть не міг терпіти запаху свіжої їжі.

Il a même éloigné les autres aliments des aliments frais.

Він навіть відтягнув іншу їжу подалі від свіжої.

Et il a très vite terminé la nourriture la plus comestible.

І дуже швидко він з'їв найїстівнішу їжу.

Tous ces mets délicieux avaient un effet soporifique sur lui.

Вся смачна їжа мала на нього снодійний ефект.

Et il s'allongea paresseusement à l'endroit où il avait mangé.

І він ліниво лежав на тому місці, де їв.

Finalement, sa sœur est revenue prendre de ses nouvelles.

Зрештою, його сестра повернулася, щоб знову перевірити його.

Elle a eu la prévoyance de tourner la clé très lentement.

У неї вистачило передбачливості повернути ключ дуже повільно.

Cela a averti Gregor qu'il devait se retirer.

Це попередило Грегора, що йому слід відступити.

Étourdi et surpris, il se précipita sous le canapé.

Приголомшений і зляканий, він поспішив назад під диван.

Mais rester sous le canapé n'était pas si facile cette fois-ci.

Але цього разу залишитися під диваном було не так просто.

Son corps s'était un peu arrondi à cause de toute cette nourriture.

Його тіло трохи округлилося від усієї їжі.

Et il devait se retenir pour ne pas s'épuiser à nouveau.

І йому довелося взяти себе в руки, щоб знову не вибігти.

Même si la sœur n'est pas restée longtemps dans la chambre.

Хоча сестра недовго затрималася в кімнаті.

Il avait du mal à respirer dans cet espace étroit.

Йому було важко дихати у цьому вузькому просторі.

Mais il a surmonté ces petites crises d'étouffement.

Але він продирався крізь невеликі напади задухи.

Les yeux exorbités, il observait les agissements de sa sœur.

Витріщивши очі, він спостерігав за діями сестри.

La sœur, sans se douter de rien, a tout versé dans un seau.

Нічого не підозрююча сестра висипала все у відро.

Elle s'est non seulement débarrassée de la nourriture que Gregor n'avait pas mangée, mais elle l'a fait.

Вона не лише позбулася їжі, яку Грегор не з'їв.

Mais elle jetait aussi la nourriture qu'il n'avait pas touchée.

Але вона також утилізувала їжу, до якої він не торкався.

Apparemment, cet aliment n'était plus comestible pour personne.

Очевидно, ця їжа тепер була неїстівною для всіх.

Elle referma ensuite le seau à nourriture avec un couvercle en bois.

Потім вона закрила відро з їжею дерев'яною кришкою.

Et avec la nourriture, le seau et la serpillière, elle est partie.

І з їжею, відром та шваброю вона пішла.

Gregor n'aurait pas pu attendre beaucoup plus longtemps.

Грегор не зміг би довше чекати.

Dès qu'elle fut partie, il s'échappa de sous le canapé.

Щойно вона пішла, він утік з-під дивана.

Il s'étira et souffla de soulagement.

І він потягнувся й зітхнув з полегшенням.

C'est ainsi que Gregor recevait de la nourriture de temps à autre.

Ось так Грегор час від часу отримував їжу.

Sa sœur lui a donné à manger une fois, tôt le matin.

Його сестра дала йому їсти одного разу рано-вранці.

À cette heure-ci, les parents et la bonne dormaient encore.

О цій годині батьки та служниця ще спали.

Et il a reçu un deuxième repas après le déjeuner de tout le monde.

А другу страву він отримав після того, як усі пообідали.

Car à ce moment-là, les parents dormaient aussi un peu.
Бо в той час батьки також трохи поспали.
Et la servante fut envoyée par la sœur faire une course.
А служницю сестра відправила з якимось дорученням.
Ils n'avaient certainement aucune intention de laisser Gregor mourir de faim.
Вони точно не мали наміру морити Грегора голодом.
Mais ils n'auraient pas voulu le regarder manger non plus.
Але вони б також не хотіли дивитися, як він їсть.
Les informations fournies par la sœur étaient suffisantes.
Те, що згадала сестра, було достатньою інформацією.
C'était peut-être sa façon d'épargner aux parents leur chagrin.
Можливо, це був її спосіб позбавити батьків горя.
Ils avaient déjà suffisamment souffert de ses actes.
Вони вже достатньо постраждали від його дій.

Le premier jour s'estompait peu à peu dans les mémoires.
Перший день поступово ставав далеким спогадом.
Gregor n'avait aucun moyen de savoir ce qui s'était passé ce jour-là.
Грегор не мав жодного способу дізнатися, що сталося того дня.
Comment le serrurier a-t-il été conduit hors de l'appartement ?
Як слюсаря вивели з квартири?
Quelles excuses ont finalement satisfait le médecin ?
Якими виправданнями лікар зрештою задовольнився?
Il n'avait trouvé aucun moyen de se faire comprendre.
Він не знайшов жодного способу висловитися зрозуміло.
Il n'a même pas réussi à communiquer avec sa sœur.
Йому навіть не вдалося поспілкуватися зі своєю сестрою.
Ils en conclurent donc qu'il ne pouvait pas les comprendre.
І тому вони думали, що він не може їх зрозуміти.
C'est pourquoi aucun effort ne fut fait pour lui parler.
І тому не було зроблено жодної спроби поговорити з ним.
Sa sœur venait dans sa chambre tous les matins et à midi.

Його сестра приходила до його кімнати щоранку та на обід.

Mais il devait se contenter d'entendre ses soupirs.

Але йому довелося задовольнитися тим, що він чув її зітхання.

Plus tard, elle s'est un peu plus habituée à la forme de Gregor.

Пізніше вона таки трохи більше звикла до фігури Грегора.

Et elle se sentait un peu plus libre de faire davantage de remarques.

І вона відчула трохи більше свободи, щоб робити більше зауважень.

(Même si elle ne s'y habituerait jamais complètement.)

(Хоча вона ніколи б до нього повністю не звикнула.)

Et puis Gregor eut de nouveau l'impression qu'on lui parlait un peu plus.

А потім Грегор знову відчув, що до нього звертаються трохи більше.

Et il a perçu ce qu'il considérait comme des commentaires amicaux.

І він почув те, що сприйняв як дружні зауваження.

"Il a apprécié son repas aujourd'hui", ou "il a tout mangé".

«Йому сьогодні сподобалася їжа» або «він з'їв усе».

Mais cela n'arrivait que lorsqu'il avait fini de manger.

Але це було лише тоді, коли він з'їв усю свою їжу.

Mais récemment, cela devenait de plus en plus rare.

Але останнім часом це траплялося дедалі рідше.

« Il touchait à peine à sa nourriture », disait-elle plus souvent maintenant.

«Він майже не торкався своєї їжі», – казала вона тепер частіше.

Et il y avait une pointe de tristesse dans sa voix à chaque fois.

І щоразу в її голосі чувся відтінок смутку.

Gregor ne pouvait entendre aucune autre nouvelle plus directement.

Грегор не міг почути жодних інших новин безпосередньо.

Mais il a entendu beaucoup de choses se dire dans les pièces voisines.

Але він підслухав багато новин із сусідніх кімнат.

Lorsqu'il a entendu des voix, il a couru vers la porte correspondante.

Почувши голоси, він побіг до відповідних дверей.

Et il a plaqué tout son corps contre la porte pour entendre.

І він усім тілом притиснувся до дверей, щоб почути.

Toutes les conversations le concernaient d'une manière ou d'une autre.

Усі розмови так чи інакше стосувалися його.

Même lorsque le sujet semblait porter sur autre chose.

Навіть коли тема, здавалося б, була про щось інше.

Cette observation était particulièrement vraie au début.

Це спостереження було особливо актуальним на початку.

À chaque repas, ils répétaient la même discussion.

Під час кожного прийому їжі вони повторювали ту саму розмову.

Ils ne savaient toujours pas comment se comporter en sa présence.

Вони все ще не знали, як поводитися поруч з ним.

Mais le même sujet a également été abordé entre les repas.

Але цю ж тему обговорювали й між прийомами їжі.

Parce qu'il y avait toujours deux membres de la famille à la maison.

Бо вдома завжди було двоє членів сім'ї.

Personne ne voulait rester seul à la maison.

Ніхто не хотів залишатися вдома сам.

Mais laisser l'appartement vide était également hors de question.

Але залишати квартиру порожньою також було неможливо.

La femme de ménage était la seule à ne pas être attachée à l'appartement.

Покоївка була єдиною, хто не був прив'язаний до квартири.

Elle avait déjà demandé à partir dès le premier jour.

Вона вже попросилася дозволу піти ще першого дня.
Elle s'est agenouillée et a supplié qu'on la renvoie.
Вона стала на коліна і благала відпустити її.
La famille ignorait l'étendue des connaissances de la bonne.
Родина не знала, скільки насправді знала покоївка.
À ce stade, elle n'en avait pas vu plus que quiconque.
На тому етапі вона бачила не більше, ніж будь-хто інший.
Ce qui s'était passé restait un mystère pour la famille.
Те, що сталося, досі залишалося загадкою для родини.
Mais un quart d'heure plus tard, elle fit ses adieux.
Але через чверть години вона попрощалася.
Et elle a remercié la famille, les larmes aux yeux.
І вона подякувала родині зі сльозами на очах.
Mais en réalité, elle les remerciait de l'avoir libérée.
Але насправді вона подякувала їм за те, що вони її
звільнили.
**Ils semblaient lui avoir témoigné la plus grande
bienveillance.**
Здавалося, вони виявили до неї найбільшу доброту.
Elle a même prêté serment, sans qu'on le lui demande.
Вона навіть склала присягу, хоча її про це й не просили.
Elle a dit qu'elle ne dirait à personne ce qui s'était passé.
Вона сказала, що нікому не розповість про те, що сталося.
Désormais, la sœur devait cuisiner avec sa mère.
Тепер сестрі довелося готувати разом з матір'ю.
Mais ce n'était pas vraiment un inconvénient majeur.
Але це насправді не було надто великою незручністю.
**Parce que de toute façon, ils n'avaient presque rien mangé
tous les deux.**
Бо вони вдвох і так майже нічого не їли.
Gregor surprenait sans cesse la même conversation.
Знову й знову Грегор підслуховував ту саму розмову.
L'un disait à l'autre qu'il devait manger davantage.
Одна людина казав іншій, що їм потрібно більше їсти.
**Mais cette personne n'a reçu aucune réponse de son
interlocuteur.**

Але ця людина не отримала жодної відповіді від тієї людини.

« Merci, j'en ai assez », ou quelque chose de similaire.

«Дякую, мені вистачить» або щось подібне.

Peut-être qu'eux non plus ne buvaient plus rien.

Можливо, вони теж більше нічого не пили.

Sa sœur demandait souvent à son père s'il voulait de la bière.

Сестра часто питала батька, чи хоче він пива.

Et elle a proposé chaleureusement d'aller chercher la bière elle-même.

І вона щиро запропонувала сама принести пиво.

Le père gardait toujours le silence à sa demande.

Батько завжди мовчав на її прохання.

La sœur devait donc trouver un moyen de dissiper tout doute.

Тож сестрі довелося знайти спосіб розвіяти будь-які сумніви.

Et elle a dit qu'elle enverrait la bonne chercher de la bière.

І вона сказала, що відправить покоївку принести пива.

Mais finalement, le père a dit un grand « non » retentissant.

Але потім батько нарешті рішуче сказав: «Ні».

Puis, on n'a plus évoqué le fait qu'il boive une bière.

Тоді тема про те, що він п'є пиво, більше не згадувалася.

Il avait déjà expliqué la situation financière auparavant.

Він уже раніше пояснював фінансову ситуацію.

En fait, il a évoqué les finances dès le premier jour.

Власне, він згадав про фінанси ще першого дня.

Il leur a bien fait comprendre quelles étaient les perspectives.

Він добре пояснив їм перспективи.

Sa propre entreprise avait fait faillite il y a environ cinq ans.

Його власний бізнес забанкрутував приблизно п'ять років тому.

De temps en temps, il se levait pour quitter la table.

Час від часу він вставав, щоб вийти з-за столу.

Et il se dirigea vers la caisse de son ancien commerce.

І він підійшов до каси свого старого бізнесу.
Il avait conservé la caisse enregistreuse par sentimentalisme.
Він зберіг касовий апарат із сентиментальності.
Gregor l'entendit déverrouiller une serrure lourde et complexe.
Грегор почув, як він відмикає важкий і складний замок.
Et il sortit des reçus et des livres de comptes de la caisse.
І він вийняв з каси квитанції та книги.
Après avoir pris les objets, il a refermé la caisse à clé.
Забравши речі, він знову замкнув касову скриньку.
Gregor n'avait entendu aucune bonne nouvelle depuis son emprisonnement.
Грегор не чув жодних добрих новин з часу свого ув'язнення.
Il pensait que l'entreprise avait ruiné son père.
Він вважав, що цей бізнес довів його батька до банкрутства.
Le père avait certainement donné cette impression à Gregor.
Батько справді справив на Грегора таке враження.
Et Gregor ne lui a plus jamais posé de questions sur les finances.
І Грегор більше ніколи не питав його про фінанси.
Gregor voulait faire tout son possible pour aider la famille.
Грегор хотів зробити все можливе, щоб допомогти родині.
Il voulait les aider à oublier leurs difficultés financières.
Він хотів допомогти їм забути про невдачі в бізнесі.
La faillite qui a engendré un désespoir total.
Банкрутство, яке призвело до повної безнадійності.
Il s'est donc mis à travailler avec une passion toute particulière.
тож він почав працювати з особливою пристрастю.
Il était devenu représentant de commerce itinérant presque du jour au lendemain.
Він майже за одну ніч став комівояжером.
Avant cela, il n'avait travaillé que comme commis mal payé.
До цього він просто працював низькооплачуваним клерком.

**Il avait désormais des opportunités de gains complètement
différentes.**
Тепер у нього були зовсім інші можливості заробітку.
**Les ventes réussies pouvaient être immédiatement
converties en liquidités.**
Успішні продажі можна було негайно конвертувати в
готівку.
L'argent étant bien sûr versé sur ses commissions.
Гроші, звичайно, виплачуються з його комісійних.
**Désormais, Gregor pouvait mettre de l'argent sur la table
familiale.**
Тепер Грегор зміг заробляти гроші на сімейному столі.
Et ils étaient étonnés et ravis de ses gains.
І вони були вражені та щасливі від його заробітку.
Mais ces beaux moments ne se reproduiront plus.
Але ті прекрасні часи більше не повторяться.
Ils commençaient tout juste à s'habituer à cette période faste.
Вони тільки-но звикли до цих гарних часів.
À chaque paie, la famille acceptait l'argent avec gratitude.
Щодня в день зарплати родина з вдячністю приймала
гроші.
Et Gregor était tout aussi heureux de remettre l'argent.
І Грегор був так само радий передавати гроші.
**Mais la chaleureuse affection qu'elle suscitait en retour s'est
peu à peu éteinte.**
Але тепла прихильність, дарована у відповідь, поступово
згасла.
Seule sa sœur restait aussi proche de Gregor qu'auparavant.
Тільки його сестра залишалася такою ж близькою до
Грегора, як і раніше.
**Elle, contrairement à Gregor, avait une profonde
appréciation pour la musique.**
Вона, на відміну від Грегора, глибоко цінувала музику.
Et elle savait jouer du violon d'une manière très touchante.
І вона вміла дуже зворушливо грати на скрипці.
**Gregor avait secrètement prévu de l'envoyer dans une école
de musique.**

Грегор таємно планував віддати її до музичної школи.
Il n'avait pas encore décidé comment il réglerait les dépenses.
Він ще не вирішив, як оплачуватиме витрати.
Mais d'une manière ou d'une autre, il couvrirait les frais.
Але якимось чином він покриє витрати.
De temps en temps, Gregor et sa famille partaient en courts séjours.
Час від часу Грегор з родиною вирушали на короткі поїздки.
Gregor et sa sœur abordaient souvent ce sujet.
Грегор і сестра часто порушували цю тему.
Mais cela n'a jamais été évoqué que comme une idée merveilleuse.
Але про це згадувалося лише як про чудову ідею.
Ils ne croyaient pas vraiment que ce rêve puisse se réaliser.
Вони насправді не вірили, що мрія може здійснитися.
Et les parents n'appréciaient pas de telles ambitions fantaisistes.
А батькам не подобалися такі химерні амбіції.
Même lorsque le sujet a été abordé de manière tout à fait innocente.
Навіть коли тему порушували дуже невинно.
Mais Gregor continuait de penser à l'école de musique.
Але Грегор продовжував думати про музичну школу.
Et il prévoyait d'annoncer le cadeau la veille de Noël.
І він планував оголосити про подарунок напередодні Різдва.
Bien sûr, dans son état actuel, ce serait impossible.
Звичайно, в його нинішньому стані це було б неможливо.
Mais ce genre de pensées lui traversait l'esprit.
Але такі думки промайнули в його голові.
Et telles étaient les pensées qui lui traversaient l'esprit en écoutant sa famille.
І такі думки у нього виникали, коли він слухав родину.
Parfois, il était trop fatigué pour continuer à les écouter.

Часом він надто втомлювався, щоб продовжувати їх слухати.

Sa tête s'est affaissée contre la porte, rongée par la fatigue.

Від втоми його голова впала на двері.

Mais il appuya aussitôt de nouveau sa tête contre la porte.

Але він одразу ж знову притулився головою до дверей.

Car même le moindre bruit s'entendait à l'extérieur.

Бо навіть найменший шум було чути ззовні.

Et le moindre bruit qu'il faisait plongeait la famille dans le silence.

І будь-який шум, який він видавав, змушував родину замовкати.

« Que fait-il maintenant ? » demanda le père à sa famille.

«Що він зараз робить?» — запитав батько родину.

Il alla à la porte pour vérifier d'où venait le bruit.

І він підійшов до дверей, щоб перевірити, що це за шум.

Puis la conversation interrompue a repris progressivement.

А потім перервана розмова поступово відновилася.

Mais les paroles du père ont agréablement surpris tout le monde.

Але те, що сказав батько, позитивно здивувало всіх.

Gregor apprit alors la véritable situation financière.

Тепер Грегор дізнався справжній стан фінансів.

Malgré tous ces malheurs, il y a eu aussi un peu de chance.

Незважаючи на всі негаразди, було й щастить.

Une petite fortune d'antan était encore là.

Дуже невеликий статок з минулих часів все ще був там.

Le père a expliqué les choses, mais a dû se répéter.

Батько пояснив дещо, але мусив повторити.

Parce qu'il ne s'était pas occupé de ces choses depuis un certain temps.

Бо він давно цими речами не займався.

Et parce que la mère ne comprenait pas de telles choses.

А тому що мати не розуміла таких речей.

Les taux d'intérêt de la banque avaient légèrement augmenté.

Процентні ставки в банку трохи зросли.

L'argent non utilisé avait augmenté plus que prévu.

Незаймані гроші зросли більше, ніж очікувалося.

De plus, Gregor leur avait toujours donné ses économies.

Крім того, Грегор завжди віддавав їм свої заощадження.

Il n'avait jamais gardé que quelques florins pour lui-même.

Він завжди залишав собі лише кілька гульденів.

Et son argent n'avait pas été entièrement dépensé.

І його гроші також не були повністю витрачені.

Ensemble, ces sommes avaient constitué un petit capital.

Разом ці гроші накопичилися до невеликого капіталу.

Gregor, derrière sa porte, hocha la tête avec enthousiasme à la nouvelle.

Грегор, стоячи за дверима, охоче кивнув головою у відповідь на новину.

Il était ravi de cette prudence et de cette frugalité inattendues.

Його порадувала ця несподівана обережність та ощадливість.

Les fonds excédentaires auraient pu servir à rembourser la dette.

Надлишок коштів можна було б використати для погашення боргу.

Ils n'auraient alors plus rien dû au patron.

Тоді вони б більше нічого не були винні начальнику.

Et Gregor aurait pu changer d'emploi bien plus tôt.

І Грегор міг би перейти на нову роботу набагато раніше.

Mais la façon dont le père s'y était pris était bien meilleure maintenant.

Але те, як батько це влаштував, тепер було набагато краще.

L'argent ne suffisait pas tout à fait pour vivre des intérêts.

Цих грошей не вистачало навіть на те, щоб прожити на відсотки.

Et il a fallu mettre de l'argent de côté pour les urgences.

І трохи грошей довелося відкладати на непередбачені випадки.

Cela n'aurait suffi que pour un an ou deux.

Цих грошей вистачило б лише на рік чи два.

Cela signifiait que quelqu'un devait gagner de l'argent pour qu'ils puissent vivre.

Це означало, що хтось мав заробляти гроші, щоб прожити.

Le père n'était pas malade et il était assez fort.

Батько не був хворим, і він був достатньо сильним.

Mais il était sans emploi depuis plus de cinq ans.

Але він був без роботи понад п'ять років.

Et, du fait de son âge, il lui restait peu de confiance en lui.

І через вік у нього залишилося мало впевненості в собі.

Il avait également pris beaucoup de poids ces derniers temps.

Також він значно набрав вагу останнім часом.

Sa vie avait toujours été ardue et infructueuse.

Його життя завжди було важким і невдалим.

Et c'étaient les premières vacances qu'il ait jamais prises.

І це була перша відпустка в його житті.

Et, faute d'être occupé, il était devenu assez maladroit.

А без зайнятості він став досить незграбним.

Ne serait-il pas préférable que la vieille mère gagne l'argent ?

Хіба було б краще, якби старенька мати заробляла гроші?

La vieille mère qui souffrait d'asthme.

Старенька мати, яка страждала на астму.

La vieille mère qui peinait à monter les escaliers.

Стара мати, яка насилу піднімалася сходами.

La vieille mère qui passait son temps allongée sur le canapé.

Старенька мати, яка проводила час, лежачи на дивані.

La vieille mère qui préférait rester près de la fenêtre.

Стара мати, яка воліла сидіти біля вікна.

Pour qu'elle puisse reprendre son souffle quand elle en aurait besoin.

Щоб вона могла перевести подих, коли їй це потрібно.

Ne serait-il pas préférable que ce soit la jeune sœur qui gagne l'argent ?

Чи було б краще, якби молодша сестра заробляла гроші?

La sœur, qui à dix-sept ans n'était encore qu'une enfant.
Сестра, якій у сімнадцять років було ще зовсім дитиною.
La sœur qui ne connaissait que quelques modestes plaisirs.
Сестра, яка мала лише кілька скромних радощів.
La sœur qui aimait surtout jouer du violon.
Сестра, яка здебільшого любила грати на скрипці.
Elle savait que son mode de vie antérieur était très enviable ;
Вона знала, що її попередній спосіб життя був дуже
гідним заздрості;
Bien s'habiller, faire la grasse matinée, aider à la maison.
Гарно одягатися, пізно прокидатися, допомагати по дому.
**La conversation tournait souvent autour de la nécessité de
gagner de l'argent.**
Розмова часто зводилася до необхідності заробляти гроші.
Gregor était toujours le premier à lâcher la porte.
Грегор завжди першим відпускав двері.
Cette conversation l'avait rempli de honte et de chagrin.
Розмова розпалила його соромом і горем.
**Il se laissa donc tomber sur le canapé en cuir qui
refroidissait.**
Тож він кинувся на остигаючий шкіряний диван.
Et il passait souvent le reste de la nuit sur le canapé.
І часто він проводив решту ночі на дивані.
Il ne dormait jamais vraiment sur le canapé, ni la nuit.
Він ніколи по-справжньому не спав на дивані, ані вночі.
**Souvent, il se contentait de gratter le cuir pendant des
heures.**
Часто він просто годинами дряпав шкіру.
D'autres fois, il poussait le fauteuil jusqu'à la fenêtre.
Іншим разом він підсовував крісло до вікна.
Cela a nécessité à lui seul beaucoup d'efforts de sa part.
Вже тільки це вимагало від нього чималих зусиль.
Le fauteuil l'a aidé à ramper jusqu'au rebord de la fenêtre.
Крісло допомогло йому вилізти на підвіконня.
Et de là, il put s'appuyer contre la fenêtre.
І звідти він зміг прихилитися до вікна.
Il éprouvait un grand sentiment de liberté en faisant cela.

Він відчував величезну свободу, роблячи це.
Peut-être recherchait-il une sensation de liberté d'antan.
Можливо, він шукав якогось старого почуття визволення.
Mais sa vue n'était plus aussi perçante qu'avant.
Але його зір був не таким гострим, як раніше.
Les objets situés à une certaine distance étaient flous et indistincts.
Речі на невеликій відстані були розмитими та нечіткими.
Il ne pouvait plus voir l'hôpital de l'autre côté de la rue.
Він більше не бачив лікарні через дорогу.
Avant, il maudissait le paysage, maintenant il voulait le voir.
Раніше він проклинав цей краєвид, а тепер хотів його побачити.
Il savait qu'il habitait dans la paisible Charlottenstrasse, en pleine ville.
Він знав, що живе на тихій міській Шарлоттенштрассе.
Mais il a peut-être cru qu'il regardait vers le désert.
Але він міг подумати, що дивиться в пустелю.
Un désert où le ciel gris et la terre grise se confondaient.
Пустота, де зливалися сіре небо та сіра земля.
La sœur attentive remarqua à deux reprises que la chaise avait bougé.
Уважна сестра двічі помічала, що стілець зрушив з місця.
Après avoir rangé, elle a repoussé la chaise vers la fenêtre.
Прибравши, вона підсунула стілець до вікна.
Et désormais, elle laissait même la fenêtre ouverte.
І відтепер вона навіть залишала віконну рамку відчиненою.
Gregor aurait vraiment souhaité pouvoir parler à sa sœur.
Грегор щиро хотів би поговорити зі своєю сестрою.
Il voulait la remercier pour tout ce qu'elle avait fait pour lui.
Він хотів подякувати їй за все, що вона для нього зробила.
Il aurait alors plus facilement toléré leurs services.
Тоді він би легше зносив їхні послуги.
Mais en l'état actuel des choses, il souffrait de son aide.
Але так склалося, що він страждав від її допомоги.
La sœur, bien sûr, a tenté de dissimuler la gêne.
Сестра, звісно, намагалася приховати збентеження.

Et elle faisait de son mieux pour feindre de ne pas se sentir accablée.

І вона всіма силами вдавала, що не відчуває себе обтяженою.

Bien sûr, c'est quelque chose qu'elle devait d'abord pratiquer.

Звісно, це те, що вона мала спочатку потренуватися.

Et plus le temps passait, plus elle devenait douée.

І чим більше часу минало, тим краще у неї це виходило.

Mais Gregor eut également plus de temps pour constater sa supercherie.

Але Грегору також дали більше часу, щоб побачити її удавання.

Même son entrée dans sa chambre était une épreuve pour lui.

Навіть її вхід до його кімнати був для нього випробуванням.

Dès qu'elle est entrée, elle a couru directement vers la fenêtre.

Щойно вона увійшла, то одразу ж підбігла до вікна.

Elle n'a même pas pris le temps de fermer la porte.

Вона навіть не встигла зачинити двері.

Normalement, elle épargnait à tout le monde la vue de la chambre de Gregor.

Зазвичай вона не показувала всім кімнату Грегора.

Et elle ouvrit brusquement la fenêtre d'un geste rapide.

І вона поспішними руками різко відчинила вікно.

Puis elle reprit sa respiration comme si elle avait suffoqué.

Потім вона знову дихала, ніби задихнулася.

L'air qui entrait était froid, et elle respira profondément.

Повітря, що надходило, було холодним, і вона глибоко вдихнула.

Mais elle resta néanmoins un moment près de la fenêtre.

Але все ж вона деякий час залишалася біля вікна.

Elle effrayait Gregor deux fois par jour avec ce rituel.

Вона лякала Грегора двічі на день цим ритуалом.

Pendant qu'elle était dans la pièce, il tremblait sous le canapé.

Поки вона була в кімнаті, він тремтів під диваном.

Il savait qu'elle aurait aimé lui épargner cette épreuve.

Він знав, що вона б хотіла позбавити його цього випробування.

Mais elle ne pouvait pas rester dans la pièce avec la fenêtre fermée.

Але вона не могла бути в кімнаті із зачиненим вікном.

Il y a eu une fois où elle est arrivée un peu plus tôt.

Був один раз, коли вона прийшла трохи раніше.

Probablement environ un mois après la transformation de Gregor.

Ймовірно, приблизно через місяць після перетворення Грегора.

Elle s'était plus ou moins habituée à sa nouvelle apparence.

Вона вже дещо звикла до його нової зовнішності.

Elle n'avait donc plus aucune raison d'être particulièrement choquée.

Тож у неї більше не було причин для особливого шоку.

Elle le trouva toujours immobile, le regard fixé par la fenêtre.

Вона побачила, що він все ще нерухомо дивиться у вікно.

Il se trouvait dans le pire endroit où il aurait pu être.

Він опинився в найжахливішому місці, в якому тільки міг опинитися.

Il n'aurait pas été surpris si elle n'était pas entrée.

Він би не здивувався, якби вона не зайшла.

Il l'empêcha d'ouvrir la fenêtre.

Де він завадив їй відчинити вікно.

Elle quitta rapidement la pièce et ferma la porte.

Вона швидко знову вийшла з кімнати та зачинила двері.

Un étranger aurait pu tirer toutes sortes de conclusions.

Незнайомець міг би дійти найрізноманітніших висновків.

Peut-être attendait-il simplement l'occasion de la mordre.

Можливо, він просто чекав нагоди вкусити її.

Gregor, bien sûr, s'est immédiatement caché sous le canapé.

Грегор, звісно, одразу ж сховався під диваном.
Mais il dut attendre midi pour que sa sœur revienne.
Але йому довелося чекати до полудня, поки повернеться сестра.
Et elle semblait beaucoup plus agitée que d'habitude.
І вона здавалася набагато неспокійнішою, ніж зазвичай.
Il réalisa que sa vue lui était encore insupportable.
Він зрозумів, що вигляд його все ще нестерпний.
Sa vue allait lui rester insupportable.
Його вигляд залишався для неї нестерпним.
Elle ne pouvait probablement pas supporter de le voir, même partiellement.
Вона, мабуть, не могла б бачити жодної його частини.
Une petite partie dépassait toujours de sous le canapé.
З-під дивана завжди стирчала невелика деталь.
Un jour, il transporta un drap sur son dos jusqu'au canapé.
Одного разу він приніс простирадло на спині до дивана.
Il voulait lui épargner de voir quoi que ce soit de lui.
Він хотів позбавити її можливості побачити будь-яку його частину.
Il arrangea le drap de façon à ce qu'il soit entièrement caché.
Він розстелив простирадло так, щоб приховати його повністю.
Même si elle se baissait, elle ne pourrait pas le voir.
Навіть якби вона нахилилася, то не змогла б його побачити.
L'opération a pris à Gregor plus de trois heures.
Уся ця робота зайняла у Грегора більше трьох годин.
Elle a peut-être pensé que le drap était inutile.
Можливо, вона подумала, що простирадло зайве.
Elle aurait su qu'il ne voulait pas du drap.
Вона б знала, що йому не потрібна була простирадла.
Il le faisait pour son confort, et non pour lui-même.
Він робив це для її комфорту, а не для себе.
Et elle aurait pu enlever le drap si elle l'avait voulu.
І вона могла б зняти простирадло, якби хотіла.
Mais elle laissa le drap là où Gregor l'avait mis.

Але вона залишила простирадло там, де його поклав Грегор.

Et Gregor crut même avoir aperçu un regard reconnaissant.

І Грегору навіть здалося, що він помітив вдячний погляд.

Il avait doucement soulevé le drap avec sa tête.

Він обережно підняв простирадло головою.

Il voulait savoir si sa sœur appréciait cet arrangement.

Він хотів побачити, чи сподобається його сестрі така домовленість.

Les deux premières semaines ont été les plus difficiles pour les parents.

Перші два тижні були найважчими для батьків.

Ils n'ont pas eu le courage d'entrer et de le voir.

Вони не могли змусити себе зайти і побачитися з ним.

Il a surpris plusieurs de leurs conversations à cette époque.

У цей час він підслухав багато їхніх розмов.

Ils ont pleinement reconnu tout ce que faisait la sœur.

Вони повністю визнавали все, що робила сестра.

Même s'ils étaient souvent agacés par elle.

Хоча раніше вони часто на неї дратувалися.

Parce qu'elle semblait être une fille un peu inutile.

Бо вона здавалася дещо нікчемною дівчиною.

C'étaient maintenant eux qui attendaient de l'autre côté de la pièce.

Тепер саме вони чекали на іншому боці кімнати.

Et c'est elle qui est entrée dans la pièce pour tout faire.

І саме вона заходила до кімнати, щоб усе робити.

Dès qu'elle est sortie, ils ont voulu tout savoir.

Щойно вона вийшла, вони захотіли знати все.

Elle a dû leur décrire précisément l'aspect de la pièce.

Їй довелося розповісти їм, як саме виглядає кімната.

« Qu'est-ce que Gregor a mangé ? Comment s'est-il comporté cette fois-ci ? »

«Що їв Грегор? Як він поводився цього разу?»

«Y avait-il peut-être une légère amélioration à constater ?»

"Можливо, було помітне невелике покращення?"

La mère, d'ailleurs, était en réalité plus courageuse.

Мати, до речі, насправді була сміливішою.

Et bien sûr, c'était son propre fils qui se trouvait dans la pièce.

І, звісно ж, у кімнаті був її власний син.

Elle souhaitait en fait rendre visite à Gregor assez rapidement.

Вона насправді хотіла відвідати Грегора відносно скоро.

Mais au départ, son père et sa sœur l'ont retenue.

Але батько та сестра спочатку стримували її.

Ils ont avancé des arguments très rationnels pour qu'elle n'y aille pas.

Вони наводили дуже раціональні аргументи, щоб вона не йшла.

Gregor écouta très attentivement leur raisonnement.

Грегор дуже уважно слухав їхні міркування.

Et il acceptait ce raisonnement autant que sa mère.

І він прийняв цю думку так само, як і його мати.

Plus tard, cependant, il a fallu la retenir par la force.

Однак пізніше її довелося стримувати силою.

«Laissez-moi entrer voir Gregor, c'est mon malheureux fils !»

«Впустіть мене до Грегора, він мій нещасний син!»

« Tu ne comprends pas que je dois aller le voir ? »

«Хіба ти не розумієш, що я маю йти до нього?»

Gregor fut également convaincu par les arguments de sa mère.

Грегора також переконали аргументи матері.

Peut-être avait-elle raison ; ce serait bien qu'elle vienne.

Можливо, вона мала рацію; було б добре, якби вона зайшла.

Le voir tous les jours serait beaucoup trop lourd.

Приходити до нього щодня було б занадто.

Mais le voir une fois par semaine suffirait peut-être.

Але бачитися з ним раз на тиждень може бути достатньо.

Elle pourrait comprendre les choses bien mieux que sa sœur.

Вона може розуміти речі набагато краще, ніж сестра.

Malgré tout son courage, elle n'était encore qu'une enfant.

Незважаючи на всю свою мужність, вона була ще зовсім дитиною.

Peut-être une insouciance enfantine l'a-t-elle poussée à entreprendre cette tâche.

Можливо, дитяча необережність змусила її взятися за це завдання.

Mais le souhait de Gregor de revoir sa mère se réalisa bientôt.

Але бажання Грегора побачити матір незабаром здійснилося.

Durant la journée, Gregor se tenait à l'écart de la fenêtre.

Вдень Грегор тримався подалі від вікна.

Il a agi ainsi par égard pour ses parents.

Він зробив це з поваги до своїх батьків.

Il n'avait pas beaucoup de place pour ramper sur le sol.

Йому не було багато місця, щоб повзати по підлозі.

Il avait du mal à rester immobile pendant la nuit.

Йому було важко лежати нерухомо вночі.

Manger ne lui procurait plus le moindre plaisir.

Їжа більше не приносила йому найменшого задоволення.

Bien sûr, il devait trouver un moyen de se distraire.

Звісно, йому довелося знайти спосіб відволіктися.

Pour se divertir, il grimpait et descendait les murs.

Щоб розважитися, він повзав по стінах.

Et il rampait aussi le long du plafond, la tête en bas.

І він також повз по стелі, догори дригом.

Il était particulièrement heureux lorsqu'il était suspendu au plafond.

Він був особливо щасливий, коли висів на стелі.

C'était complètement différent de s'allonger par terre.

Це було зовсім не те, що лежати на підлозі.

Il trouvait qu'il respirait beaucoup plus facilement dans cette position.

У такому положенні йому стало набагато легше дихати.

Une légère mais agréable vibration parcourut son corps.

Легка, але приємна вібрація пройшла його тілом.

Parfois, il se laissait même trop aller à son bonheur.

Іноді він навіть надто розслаблявся у своєму щасті.

Il lui arrivait d'être distrait et de lâcher prise du plafond.

Він іноді відволікався і відпускав стелю.

Et à sa propre surprise, il atterrit de nouveau sur le sol.

І на власний подив він знову приземлився на землю.

Mais il maîtrisait bien mieux son corps qu'auparavant.

Але він набагато краще контролював своє тіло, ніж раніше.

Ainsi, il ne se blessait plus lors de chutes aussi importantes.

Тож він не травмувався від таких великих падінь.

Sa sœur remarqua immédiatement le nouveau plaisir de Gregor.

Сестра одразу помітила нове задоволення Грегора.

Et on retrouvait des traces de colle là où il avait rampé.

А там, де він повзав, були сліди клею.

Là encore, la sœur pensa au bien-être de Gregor.

Тут сестра знову подумала про самопочуття Грегора.

Il apprécierait peut-être d'avoir plus d'espace pour ramper.

Можливо, він би оцінив більше місця для повзання.

Et l'idée s'est fermement ancrée dans son esprit.

І ця ідея міцно засіла в її голові.

Certains meubles volumineux entravaient sa liberté de mouvement.

Деякі великі меблі заважали його вільному пересуванню.

Il ne travaillait plus, il n'avait donc plus besoin du bureau.

Він більше не працював, тому стіл йому не був потрібен.

Et la boîte prenait plus de place que nécessaire. ***

І коробка займала більше місця, ніж потрібно. ***

La sœur n'était pas en mesure de déplacer ces choses seule.

Сестра не змогла перемістити ці речі сама.

Bien sûr, elle n'osait pas demander de l'aide à son père.

Звісно, вона не наважилася просити батька про допомогу.

La bonne ne l'aurait certainement pas aidée non plus.

Покоївка б їй теж точно не допомогла.

La nouvelle femme de ménage était en réalité un an plus jeune qu'elle.

Нова покоївка насправді була на рік молодшою за неї.

Elle avait courageusement endossé le rôle de l'ancienne bonne.

Вона сміливо взяла на себе роль колишньої покоївки.

Mais il y avait un privilège auquel elle tenait absolument.

Але була одна перевага, на якій вона наполягала.

Elle voulait que la cuisine reste verrouillée en permanence.

Вона хотіла тримати кухню завжди замкненою.

La sœur n'avait donc pas d'autre choix que de demander à sa mère.

Тож сестрі нічого не залишалося, як запитати свою матір.

La mère est venue à son secours en poussant des cris de joie.

З криками схвильованої радості мати прибігла на допомогу.

Mais elle se tut devant la porte de la chambre de Gregor.

Але вона замовкла біля дверей до кімнати Грегора.

La sœur a vérifié que tout était en ordre dans la chambre.

Сестра перевірила, чи все в кімнаті гаразд.

Gregor avait tiré précipitamment encore plus fort sur le drap.

Грегор поспішно ще щільніше загорнув простирадло.

Bien que le drap-housse paraisse encore disposé au hasard.

Хоча простирадло все ще виглядало хаотично розкладеним.

Et ce n'est qu'alors qu'elle laissa sa mère entrer dans la pièce.

І лише тоді вона впустила матір до кімнати.

Gregor s'abstint également d'espionner sous le drap.

Грегор також утримався від підглядання з-під простирадла.

Il a décidé de ne pas voir sa mère cette fois-ci.

Цього разу він вирішив утриматися від зустрічі з матір'ю.

Gregor était déjà content qu'elle soit venue.

Грегор був досить радий, що вона взагалі зайшла.

«Entrez, vous ne pouvez pas le voir», dit la sœur.

«Заходь, ти його не бачиш», – сказала сестра.

Gregor supposa qu'elle tenait sa mère par la main.

Грегор припустив, що вона веде матір за руку.

Puis il entendit les deux femmes, faibles, déplacer les meubles.

Потім він почув, як дві слабкі жінки пересувають меблі.

La sœur semblait s'attribuer la majeure partie du travail.

Здавалося, що сестра взяла на себе більшу частину роботи.

Sa mère craignait qu'elle ne s'épuise.

Її мати боялася, що вона перенапружиться.

Mais la sœur n'a prêté aucune attention à ces avertissements.

Але сестра не звернула уваги на ці попередження.

Mais même après quinze minutes, les progrès étaient très lents.

Але навіть після п'ятнадцяти хвилин прогрес був дуже повільним.

Ils n'avaient pas réussi à déplacer les meubles très loin.

Їм не вдалося далеко пересунути меблі.

Ils commençaient lentement à ressentir un sentiment de défaite.

Вони поступово починали відчувати поразку.

La mère fut la première à reconnaître l'inutilité de la démarche.

Мати першою визнала марність цієї справи.

« Il vaudrait peut-être mieux laisser la boîte ici. »

«Можливо, краще залишити коробку тут».

« Le carton est trop lourd pour que nous puissions le déplacer plus loin. »

«Коробка занадто важка, щоб ми могли просунутися далі».

« Et nous n'aurons pas terminé avant l'arrivée de votre père. »

«І ми не закінчимо, поки не приїде твій батько».

« Laisser la boîte ici lui barrerait encore plus le passage. »

«Якщо залишити коробку тут, це ще більше заблокує йому шлях.»

« Et pouvons-nous être sûrs de lui rendre service ? »

«І чи можемо ми бути певні, що робимо йому послугу?»

Ils commencèrent à penser que le contraire pourrait bien être vrai.

Вони почали думати, що цілком може бути навпаки.

La vue du mur vide lui pesait lourdement sur le cœur.

Вигляд порожньої стіни важко стиснув їй серце.

Qui nous dit que Gregor ne ressentirait pas la même chose ?

Що можна сказати про те, що Грегор також не відчував би себе так само?

«Il est déjà habitué aux meubles de sa chambre.»

«Він уже звик до меблів у своїй кімнаті».

«Il pourrait se sentir encore plus abandonné dans une pièce vide.»

«У порожній кімнаті він може почуватися ще більш покинутим».

À ce moment-là, sa voix s'était presque réduite à un murmure.

Тепер її голос майже знизився до шепоту.

Elle ignorait en réalité où se trouvait exactement Gregor.

Вона насправді не знала точного місцезнаходження Грегора.

Elle ne voulait même pas qu'il entende sa voix.

Вона не хотіла, щоб він навіть почув звук її голосу.

Bien qu'elle fût certaine qu'il ne la comprenait pas.

Хоча вона була впевнена, що він її не розуміє.

« N'aurait-on pas l'impression de l'avoir complètement abandonné ? »

«Хіба не здається, що ми повністю в ньому розчарувалися?»

«N'aura-t-il pas l'impression qu'on le laisse se débrouiller seul ?»

«Хіба він не відчує, що ми залишаємо його самого?»

«Nous devrions laisser la pièce exactement comme elle était.»

«Ми повинні залишити кімнату саме такою, якою вона була».

« Gregor finira par nous revenir comme avant. »

«Зрештою, Грегор повернеться до нас таким, яким він був».

«Alors il constatera que tout est encore à sa place.»

«Тоді він побачить, що все на своєму місці».
« Et il oubliera beaucoup plus facilement la période intermédiaire. »
«І він набагато легше забуде перехідний період».
En entendant ces mots, Gregor réalisa quelque chose.
Коли Грегор почув ці слова, він дещо зрозумів.
Son esprit était devenu confus au cours des deux derniers mois.
За останні два місяці його розум заплутався.
Le manque d'interactions humaines ne lui avait pas fait de bien.
Відсутність людського спілкування не пішла йому на користь.
Il avait vraiment besoin de la vie monotone au sein de sa famille.
Йому справді потрібне було монотонне життя серед родини.
Pourquoi aurait-il formulé une demande aussi absurde autrement ?
Чому б інакше він висував таку безглузду вимогу?
Quel sens pouvait-il y avoir à vider sa chambre ?
Який сенс було спорожняти його кімнату?
La chambre confortable est meublée de meubles hérités.
Комфортна кімната обставлена успадкованими меблями.
Pourquoi voudrait-il transformer cette chaleur familière en une grotte ?
Чому він хотів перетворити це відоме тепло на печеру?
Une grotte où il pouvait ramper en toute tranquillité dans toutes les directions.
Печера, де він міг би спокійно повзати в усіх напрямках.
Mais une grotte où il oublia rapidement son passé humain.
Але печера, в якій він швидко забув своє людське минуле.
Il se demandait s'il était déjà sur le point d'oublier.
Йому варто було замислитися, чи не був він уже близький до того, щоб забути.
La voix de sa mère l'avait secoué et lui avait fait se souvenir.
Голос матері примусив його згадати.

La voix qu'il n'avait pas entendue depuis si longtemps.

Голос, якого він так давно не чув.

Il ne fallait rien enlever ; tout devait rester.

Нічого не можна було видаляти; все мало залишитися.

Le mobilier a eu un effet positif sur son état.

Меблі позитивно вплинули на його стан.

Et il ne pouvait pas s'en sortir sans ce lien avec le passé.

І він не міг би впоратися без цього опорного зв'язку з минулим.

Les meubles l'empêchaient de ramper sans but.

Меблі заважали його безглуздому повзанню.

Mais ce n'était pas une perte ; c'était au contraire un grand avantage.

Але це не було втратою, а навпаки, великою перевагою.

Malheureusement, sa sœur avait un avis très différent.

На жаль, сестра мала зовсім іншу думку.

Elle était en quelque sorte devenue la porte-parole de Gregor.

Вона чимось на кшталт стала речницею Грегора.

Bien sûr, son opinion n'était pas totalement injustifiée.

Звичайно, її думка не була зовсім безпідставною.

Mais l'opinion de sa mère devait être contredite ici.

Але тут довелося спростувати думку її матері.

Il ne s'agissait plus seulement d'enlever la boîte.

Тепер потрібно було зняти не лише коробку.

Son bureau et son armoire ne pouvaient pas rester en place non plus.

Його письмовий стіл і шафа також не могли залишитися.

La seule chose indispensable était le canapé.

Єдине, що було незамінним, це диван.

Elle n'a pas pris cette décision par simple rébellion enfantine.

Вона вирішила це не лише з дитячої непокори.

Ce n'était pas non plus sa confiance en soi récemment acquise.

Це була не її нещодавно набута впевненість у собі.

La nouvelle confiance qu'elle avait acquise lui a permis de travailler si dur pour gagner.
Нова впевненість, заради якої їй довелося так наполегливо працювати.
Même si personne ne s'attendait à ce qu'elle y parvienne.
Хоча ніхто й не очікував, що вона зможе це зробити.
Gregor avait vraiment besoin de beaucoup d'espace pour ramper.
Грегору справді потрібно було багато місця, щоб повзати.
Le mobilier ne faisait que réduire l'espace dont il disposait.
Меблі лише обмежували доступну йому кімнату.
Elle était capable de mieux voir ces choses que sa mère.
Вона могла бачити ці речі краще, ніж мати.
Mais peut-être que son esprit romantique a aussi joué un rôle.
Але, можливо, її романтичний дух також зіграв свою роль.
Les filles de cet âge acquièrent souvent un certain enthousiasme.
Дівчата цього віку часто проявляють певний ентузіазм.
Et ils éprouvent le besoin d'obtenir ce qu'ils veulent chaque fois qu'ils le peuvent.
І вони відчувають потребу домогтися свого, коли це можливо.
C'est peut-être pour cela qu'elle voulait le saboter en secret.
Можливо, саме тому вона хотіла таємно саботувати його.
Il est encore plus terrifiant lorsqu'il rampe sur les murs.
Він ще страшніший, коли повзає по стінах.
Les parents n'osaient plus entrer dans la pièce.
Батьки більше не наважувалися заходити до кімнати.
Elle serait véritablement la seule à prendre soin de son frère.
Вона справді була б єдиною опікуною свого брата.
Elle ne laissa pas sa mère la persuader du contraire.
Вона не дозволила матері переконати себе в іншому.
La mère de Gregor se sentait déjà mal à l'aise dans la pièce.
Грегорова мати вже почувалася неспокійно в кімнаті.
Elle cessa bientôt de parler et aida de nouveau sa fille.

Невдовзі вона перестала говорити і знову допомогла доньці.

Avec leurs forces restantes, ils ont enlevé l'armoire.

Зібравши решту сил, вони зняли шафу.

La commode, il pouvait s'en passer.

Комод був чимось таким, без чого він міг обійтися.

Mais le bureau allait devoir rester en place pour le moment.

Але стіл мав залишитися на даний момент.

Pendant l'absence des femmes, il tenta d'évaluer la pièce.

Поки жінок не було, він спробував оцінити кімнату.

Et Gregor passa la tête sous le canapé.

І Грегор визирнув голову з-під дивана.

Il devait voir ce qu'il pouvait faire face à la situation.

Він мав побачити, що він може зробити з цією ситуацією.

Mais il a été aussi prudent et attentionné que possible.

Але він був максимально обережним і уважним.

Malheureusement, c'est la mère qui est revenue la première.

На жаль, першою повернулася мати.

Grete était encore en train de déplacer l'armoire dans la pièce voisine.

Грета все ще переставляла шафу в сусідній кімнаті.

Mais la mère n'était pas habituée à la vue de Gregor.

Але мати не звикла до вигляду Грегора.

Un simple aperçu de lui aurait pu la rendre malade.

Навіть один лише погляд на нього міг би зробити їй погано.

Gregor recula précipitamment jusqu'à l'autre bout du canapé.

Грегор поспішив задом наперед до дальнього кінця дивана.

Mais il ne pouvait pas reculer et maintenir le drap en équilibre.

Але він не міг відступити назад і втримати рівновагу на простирадлі.

Ce mouvement suffit à attirer l'attention de la mère.

Руху було достатньо, щоб привернути увагу матері.

Elle marqua une pause et resta immobile un bref instant.

Вона зробила паузу і на мить завмерла нерухомо.

Puis elle se retourna et sortit de la pièce.

Потім вона розвернулася й вийшла з кімнати.

Gregor se répétait sans cesse que rien d'inhabituel ne s'était produit.

Грегор постійно повторював собі, що нічого незвичайного не сталося.

« Ce ne sont que quelques meubles qui ont été emportés. »

«Це просто деякі меблі, які забрали».

Mais il dut bientôt admettre que ces événements l'avaient affecté.

Але невдовзі йому довелося визнати, що ці події вплинули на нього.

Les femmes disaient tout ce qu'elles faisaient.

Жінки розповідали все, що робили.

Ils faisaient des allers-retours dans la pièce.

Вони ходили туди-сюди по кімнаті.

Le bruit des meubles qui grattent le sol.

Дряпання всіх меблів по підлозі.

Il avait l'impression d'être assailli de toutes parts.

Він відчував, ніби на нього нападають з усіх боків.

Il replia sa tête et ses jambes aussi fort qu'il le put.

Він так міцно притягнув голову та ноги до себе, як тільки міг.

De toutes ses forces, il plaqua son corps au sol.

З усієї сили він притиснув своє тіло до землі.

Il savait qu'il ne pourrait pas supporter tout cela encore longtemps.

Він знав, що більше не зможе все це терпіти.

Ils ont vidé sa chambre et ont pris tout ce qu'il aimait.

Вони вичистили його кімнату і забрали все, що він любив.

Ils avaient déjà pris la boîte contenant tous ses outils.

Вони вже забрали скриньку з усіма його інструментами.

Ils étaient en train de déloger son lourd bureau du sol.

Тепер вони підіймали його важкий стіл до підлоги.

Le bureau sur lequel il avait travaillé en rentrant du travail.

Стіл, за яким він працював після повернення з роботи.

Le bureau sur lequel il avait noté ses missions professionnelles.
Стіл, на якому він писав свої ділові завдання.
Le bureau sur lequel il avait fait ses devoirs au collège.
Парта, на якій він робив домашнє завдання у середній школі.
Oui, il avait déjà eu ce bureau à l'école primaire.
Так, у нього вже була ця парта у початковій школі.
Il n'a vraiment pas eu le temps de vérifier leurs bonnes intentions.
У нього справді не було часу підтвердити їхні добрі наміри.
Bien qu'il ait presque oublié leur présence.
Хоча він і так майже забув, що вони там були.
Parce qu'ils travaillaient en silence, épuisés.
Бо вони працювали мовчки, через виснаження.
Ils étaient trop fatigués pour annoncer leurs mouvements maintenant.
Вони були надто втомлені, щоб зараз оголошувати про свої пересування.
Il n'entendait que leurs lourds pas sur le sol.
Він чув лише їхні важкі кроки по підлозі.
À ce moment précis, ils étaient appuyés contre la boîte.
Якраз у цей момент вони притулилися до коробки.
Et c'est alors que Gregor est sorti de sous le canapé.
І саме тоді з-під дивана вийшов Грегор.
Il a changé de direction à quatre reprises.
Він чотири рази змінював напрямок свого бігу.
Il n'arrivait pas à se décider quel objet sauver en premier.
Він не міг вирішити, який предмет потрібно врятувати першим.
Soudain, son attention fut attirée par le mur vide.
Раптом його увагу привернула порожня стіна.
Ils ne lui avaient laissé que la photo de la dame en fourrure.
Все, що вони йому залишили, це фотографія жінки в хутрі.
Il rampa jusqu'à la photo pour coller son corps contre le sien.

Він підповз до картини, щоб притиснутися до неї своїм тілом.

Et son corps masquait complètement la vue de la photo.

А його тіло повністю закривало вид на картину.

Le verre le soutenait et apaisait son ventre brûlant.

Скло підтримало його і заспокоїло його гарячий живіт.

On ne pouvait plus lui enlever cette photo.

Цю фотографію вже не можна було в нього забрати.

Puis il tourna la tête vers la porte du salon.

Потім він повернув голову до дверей вітальні.

Il allait les regarder retourner dans la pièce.

Він збирався спостерігати, як жінки повертаються до кімнати.

Et ils ne se reposèrent pas longtemps avant de revenir.

І вони недовго відпочивали, перш ніж знову повернулися.

Grete avait le bras autour de sa mère pour l'aider à marcher.

Грета обійняла матір, допомагаючи їй йти.

« Que prenons-nous maintenant ? » demanda Grete en regardant autour d'elle.

«Що ж нам тепер взяти?» — спитала Грета й озирнулася навколо.

À ce moment précis, son regard croisa celui de Gregor.

Саме в цю мить її погляд зустрівся з очима Грегора.

Malgré le choc, elle a gardé son sang-froid.

Незважаючи на шок, вона зберегла самовладання.

Probablement uniquement à cause de la présence de sa mère.

Мабуть, лише через присутність її матері.

Elle pencha le visage vers sa mère, lui cachant la vue.

Вона схилила обличчя до матері, закриваючи нею погляд.

Et puis elle dit, d'une voix tremblante et sans réfléchir :

І тоді вона сказала, хоч і тремтячи, і не замислюючись:

«Allez, on ne devrait pas retourner au salon ?»

«Ходімо, хіба нам не варто повернутися до вітальні?»

Gregor comprenait aisément les intentions de sa sœur.

Грегор легко міг зрозуміти наміри сестри.

Sa priorité absolue était de mettre sa mère en sécurité.

Її першочерговим завданням було доставити матір у безпечне місце.

Mais ensuite, elle allait le poursuivre depuis le mur.

Але тоді вона збиралася гнатися за ним зі стіни.

« Eh bien, elle peut toujours essayer ! » pensa Gregor.

«Ну, вона точно може спробувати!» — подумав Грегор про себе.

Il s'assit fermement sur son tableau et ne le lâcha pas.

Він міцно сидів на своїй картині і не здавався.

Il aurait préféré sauter au visage de sa sœur.

Він би радше стрибнув сестрі в обличчя.

Mais les paroles de Grete avaient encore plus inquiété sa mère.

Але слова Грети ще більше стурбували її матір.

Elle s'écarta pour voir ce qu'on lui cachait.

Вона відійшла вбік, щоб побачити, що від неї приховують.

Et elle vit la tache brune sur le papier peint à fleurs.

І вона побачила коричневу пляму на квітчастих шпалерах.

Et elle a crié avant même de réaliser que c'était Gregor.

І вона закричала, ще до того, як зрозуміла, що це Грегор.

« Oh mon Dieu ! » hurla-t-elle en tendant les bras.

«О Боже», — закричала вона, розкинувши руки.

Et elle s'est effondrée sur le canapé comme si elle avait renoncé.

І вона впала на диван, ніби здавшись.

« Gregor ! » cria sa sœur en levant le poing.

«Грегор!» — крикнула сестра, піднявши кулак.

Et elle lui lança un regard long, dur et pénétrant.

І вона подивилася на нього довгим, пильним і проникливим поглядом.

C'était la première fois qu'elle lui parlait directement.

Це був перший раз, коли вона заговорила з ним безпосередньо.

Elle a couru dans la pièce voisine pour aller chercher des sels d'ammoniaque.

Вона побігла до сусідньої кімнати, щоб взяти трохи нюхальної солі.

Elle devait ramener sa mère à la conscience.
Їй довелося привести матір до тями.
Gregor voulait aider, il pourrait sauvegarder la photo plus tard.
Грегор хотів допомогти, він міг би зберегти картину пізніше.
Mais il s'était solidement collé à la vitre.
Але він міцно застряг на склі.
Il a donc dû s'arracher à ce point en utilisant beaucoup de force.
Тож йому довелося відриватися, застосовуючи чимало сили.
Il courut lui aussi dans la pièce voisine, où se trouvait sa sœur.
Він також побіг до сусідньої кімнати, де була сестра.
Autrefois, il aurait pu lui donner quelques conseils.
У минулому він міг би дати їй якусь пораду.
Mais à présent, il ne pouvait rien faire d'autre que rester là, impuissant, et regarder.
Але тепер він нічого не міг зробити, як стояти осторонь і спостерігати.
Elle fouilla dans le tiroir, ouvrant diverses bouteilles.
Вона порилась у шухляді, відкриваючи різні пляшки.
Et il lui faisait encore peur quand elle se retournait.
І він все ще лякав її, коли вона обернулася.
Une bouteille est tombée par terre, s'est cassée et a éclaté.
Пляшка впала на підлогу, розбилася та розлетілася на друзки.
Un éclat de verre a frappé Gregor au visage et l'a blessé.
Осколок скла влучив Грегору в обличчя та поранив його.
La bouteille contenait une sorte de liquide caustique.
У пляшці була якась їдка рідина.
Et maintenant, le liquide corrosif brûlait le visage de Gregor.
І тепер їдка рідина пекла обличчя Грегора.
Sa sœur, cependant, n'avait pas de temps à consacrer à Gregor pour le moment.
Однак у сестри зараз не було часу на Грегора.

Elle ramassa autant de bouteilles qu'elle put.
Вона зібрала стільки пляшок, скільки змогла.
Et elle est retournée en courant vers sa mère avec les médicaments.
І вона побігла назад до матері з ліками.
Elle claqua la porte du pied, empêchant Gregor d'entrer.
Вона грюкнула дверима ногою, не пропускаючи Грегора.
Il était désormais coupé de sa mère, potentiellement mourante.
Тепер він був відрізаний від своєї потенційно вмираючої матері.
S'il ouvrait la porte, il chasserait sa sœur.
Якби він відчинив двері, то прогнав би сестру.
Mais bien sûr, elle devait rester pour s'occuper de sa mère.
Але, звісно, вона мусила залишитися, щоб доглядати за матір'ю.
Il ne pouvait plus rien faire d'autre qu'attendre.
Тепер йому нічого не залишалося, як чекати на них.
Rongé par les remords et l'anxiété, il se mit à ramper.
Мучений самодокорами та тривогою, він почав повзати.
Il rampait partout : sur les murs, les meubles, le plafond.
Він повзав усюди: по стінах, меблях, стелі.
Il avait l'impression que toute la pièce tournait autour de lui.
Йому здавалося, ніби вся кімната обертається навколо нього.
Finalement, désespéré et pris de vertiges, il retomba.
Зрештою, у відчаї та запамороченні, він упав назад.
Et il est tombé directement sur la grande table de la salle à manger.
І він упав прямо на великий обідній стіл.
Il resta allongé là un certain temps, engourdi et incapable de bouger.
Він пролежав деякий час, заціпенівши і не в змозі рухатися.
Il était épuisé par tout ce que cette journée lui avait apporté.
Він був виснажений усім, що приніс йому цей день.
Le silence régnait partout, mais c'était peut-être bon signe.

Навколо було тихо, але, можливо, це був добрий знак.

Puis, brisant le silence, la sonnette retentit à l'extérieur.

Раптом, порушуючи тишу, продзвенів дзвінок зовні.

La bonne, bien sûr, s'était enfermée dans sa cuisine.

Покоївка, звісно ж, замкнулася на кухні.

La sœur était donc la seule à pouvoir ouvrir la porte.

Тож сестра була єдиною, хто міг відчинити двері.

« Que s'est-il passé ? » fut la première question du père.

«Що трапилося?» — було перше, що спитав батько.

L'apparence de Grete lui avait probablement tout dit.

Зовнішній вигляд Грети, мабуть, сказав йому все.

La voix de Grete devint étouffée et monotone tandis qu'elle parlait.

Голос Грети став приглушеним і глухим, коли вона говорила.

Elle a dû enfouir son visage contre la poitrine de son père.

Мабуть, вона притиснула обличчя до грудей батька.

« Maman était inconsciente, mais elle va mieux maintenant. »

«Мати була непритомна, але зараз їй вже краще».

« Gregor s'est échappé », a-t-elle ajouté, ce à quoi il s'attendait.

«Грегор утік», – додала вона, чого він і очікував.

« Je vous l'ai toujours dit, il allait s'échapper un jour. »

«Я ж тобі завжди казав, що одного дня він утече».

« Mais vous, les femmes, vous ne vouliez pas m'écouter, n'est-ce pas ? »

«Але ви, жінки, не хотіли мене слухати, чи не так?»

Gregor comprit rapidement comment son père verrait les choses.

Грегор швидко зрозумів, як на це дивитиметься його батько.

Il avait mal interprété le message trop bref de Grete.

Він неправильно витлумачив надто коротке повідомлення Грети.

Il supposa que Gregor avait commis un acte de violence.

Він припустив, що Грегор вчинив якийсь акт насильства.

Gregor devait trouver un moyen d'apaiser son père d'une manière ou d'une autre.

Грегор мусив знайти спосіб якось задобрити батька.

Parce qu'il n'avait pas le temps de lui expliquer les choses.

Бо у нього не було часу, щоб йому все пояснити.

Mais de toute façon, il n'aurait pas été capable d'expliquer les choses.

Але він би все одно не зміг нічого пояснити.

Il s'est donc enfui vers la porte et s'y est plaqué.

Тож він побіг до дверей і притиснувся до них.

Ainsi, son père pourrait le voir depuis l'antichambre.

Таким чином батько міг бачити його з передпокою.

Et il pourrait constater qu'il avait les meilleures intentions.

І він зможе побачити, що в нього найкращі наміри.

Il n'était pas nécessaire de le repousser avec un balai.

Не було потреби відштовхувати його назад мітлою.

Il aurait suffi que le père ouvre la porte.

Все, що батькові потрібно було зробити, це відчинити двері.

Mais il n'était pas d'humeur à remarquer de telles subtilités.

Але він не мав настрою помічати такі тонкощі.

« Te voilà ! » s'exclama-t-il dès qu'il entra.

«Ось ви де!» — вигукнув він, щойно увійшовши.

C'était comme s'il était à la fois en colère et heureux.

Здавалося, ніби він був одночасно і злий, і щасливий.

Il recula la tête et leva les yeux vers son père.

Він відкинув голову назад і подивився на батька.

Il n'avait pas imaginé son père debout là, dans cette position.

Він не уявляв собі свого батька таким, що стоїть там.

Mais ces derniers temps, il s'était trouvé une nouvelle distraction.

Але нещодавно він знайшов нове заняття, яке його відволікло.

Ramper occupait désormais une grande partie de sa journée.

Тепер повзання займало значну частину його дня.

Auparavant, il se tenait au courant de toutes les nouvelles dans l'appartement.

Раніше він стежив за будь-якими новинами в квартирі.

Mais ces derniers temps, il n'y avait pas prêté beaucoup d'attention.

Але останнім часом він не звертав на це стільки уваги.

Il aurait dû se préparer à faire face aux changements.

Він мав бути готовий до змін.

Pour autant, cet homme qui se tenait devant lui était-il encore son père ?

Тим не менш, чи був цей чоловік перед ним все ще батьком?

Était-ce le même homme qui avait l'habitude de rester allongé, fatigué, dans son lit ?

Чи це був той самий чоловік, який колись стомлено лежав у ліжку?

Alors que Gregor était déjà parti en voyage d'affaires.

Коли Грегор вже поїхав у відрядження.

Était-ce le même homme qui le saluait le soir ?

Чи це був той самий чоловік, який вітався з ним вечорами?

Lorsqu'il était en robe de chambre, dans son fauteuil.

Коли він був у халаті у своєму кріслі.

Était-ce le même homme qui n'avait pas pu se lever pour l'accueillir ?

Чи це був той самий чоловік, який не міг встати, щоб привітати його?

Restant assis, il leva le bras en signe de joie.

Тож, залишаючись сидіти, він підняв руку на знак радості.

Était-ce le même homme avec qui il faisait parfois des promenades ?

Чи це був той самий чоловік, з яким він час від часу ходив на прогулянки?

Exceptionnellement : quelques dimanches par an, ou les jours fériés.

У рідкісних випадках: кілька неділь на рік або свята.

Était-ce le même homme qui marchait, enveloppé dans son pardessus ?

Чи це був той самий чоловік, який йшов, закутавшись у своє пальто?

S'est-il lentement avancé, entre la mère et lui ?

Чи він повільно просувався вперед, між матір'ю та ним?

Et ils marchaient déjà lentement à cause de lui.

І вони вже йшли повільно через нього.

Mais à présent, cet homme se tenait droit et fort.

Але тепер цей чоловік стояв міцно та прямо.

Il portait un uniforme bleu à boutons dorés.

Він був одягнений у синю форму із золотими гудзиками.

Les badges que portent les employés des institutions bancaires.

Гудзики, які носять службовці банківських установ.

Au-dessus du col rigide, son double menton prononcé se dessinait.

Над жорстким коміром виднілося його сильне подвійне підборіддя.

Sous ses sourcils broussailleux, ses yeux noirs fixaient le vide.

З-під густих брів дивилися його чорні очі.

À présent, ses yeux paraissaient perçants, frais et alertes.

Тепер його очі виглядали пронизливими, свіжими та пильними.

Les cheveux blancs, auparavant ébouriffés, étaient désormais peignés.

Раніше розпатлане біле волосся було зачесане вниз.

Et ses cheveux étaient désormais coiffés d'une raie centrale méticuleuse.

А його волосся тепер мало ретельний проділ посередині.

Il jeta son chapeau, orné d'un monogramme en or.

Він скинув капелюха, на якому була прикріплена золота монограма.

Il s'agissait probablement du monogramme de la banque pour laquelle il travaillait.

Це, мабуть, була монограма банку, в якому він працював.

Et le chapeau atterrit sur le canapé, pour être rangé plus tard.

А капелюх приземлився на диван, щоб його потім прибрати:
Il repoussa le bas de sa longue veste d'uniforme.
Він відкинув низ довгої форменної куртки.
Et il mit ses pouces dans les poches de son pantalon.
І він засунув великі пальці в кишені штанів.
Puis, le visage sombre, il s'avança vers Gregor.
А потім, із похмурим обличчям, він пішов до Грегора.
Il ne savait probablement même pas ce qu'il comptait faire.
Він, мабуть, навіть не знав, що планує зробити.
Mais il leva néanmoins les pieds exceptionnellement haut.
Але все ж він підняв ноги надзвичайно високо.
Gregor était stupéfait par la taille énorme de ses bottes.
Грегор був вражений величезним розміром своїх чобіт.
Mais il n'y avait vraiment pas le temps de s'extasier devant ses chaussures.
Але часу милуватися його взуттям справді не було.
Le père avait opté pour une discipline très stricte.
Батько вирішив запровадити дуже сувору дисципліну.
Seule la plus grande sévérité convenait à Gregor.
Лише найбільша суворість була доречною для Грегора.
Il le savait dès le premier jour de sa transformation.
Він знав це з першого дня свого перетворення.
Il courut vers son père et s'arrêta quand celui-ci s'arrêta.
Він побіг до батька і зупинився, коли той зупинився.
Il se précipita de nouveau vers lui lorsqu'il bougea à nouveau.
Він знову поспішив до нього, коли той знову ворухнувся.
Le père marqua une pause, et Gregor fit de même.
Батько на мить замовк, і Грегор також.
Et il se précipita de nouveau en avant dès que son père eut bougé.
І він знову кинувся вперед, щойно батько ворухнувся.
Ils firent ainsi plusieurs fois le tour de la pièce.
Таким чином вони кілька разів обійшли кімнату.
Aucun avantage décisif n'avait encore été obtenu par qui que ce soit.

Ніхто ще не здобув вирішальної переваги.
On n'aurait pas pu avoir l'impression d'une poursuite.
Не могло скластися враження погоні.
Parce que tout l'événement se déroulait beaucoup trop lentement.
Бо вся подія відбувалася надто повільно.
Gregor avait décidé de rester au sol.
Грегор вирішив залишитися на землі.
Il aurait pu courir le long des murs et du plafond.
Він міг би бігти по стінах і по стелі.
Mais il ne voulait pas provoquer inutilement le père.
Але він не хотів без потреби провокувати батька.
Une telle évasion aurait pu paraître particulièrement perverse.
Така втеча могла б здатися особливо підступною.
Gregor admit que cette poursuite ne pourrait pas durer beaucoup plus longtemps.
Грегор визнав, що ця погоня не могла тривати довго.
Chaque étape nécessitait une myriade de mouvements.
Кожен крок мав супроводжуватися безліччю рухів.
Il commençait déjà à avoir le souffle court.
Він уже починав відчувати задишку.
Même avant cela, il n'avait jamais eu des poumons totalement fiables.
Навіть раніше в нього ніколи не було повністю надійних легень.
Il avançait en titubant, économisant ses forces pour la course.
Він хитався, зберігаючи сили для бігу.
Il était si fatigué qu'il avait du mal à garder les yeux ouverts.
Він був такий втомлений, що ледве міг тримати очі відкритими.
Ses pensées étaient devenues trop lentes pour qu'il puisse envisager d'autres solutions.
Його думки стали надто повільними, щоб думати про інші шляхи втечі.
Il avait presque oublié que les murs étaient à sa disposition.

Він майже забув, що стіни йому доступні.

Mais les murs étaient de toute façon dissimulés derrière des meubles.

Але стіни все одно були приховані за меблями.

Et les meubles avaient trop d'encoches et de saillies.

А меблі мали забагато виїмок та виступів.

Et puis, juste à côté de lui, en roulant, il y avait une pomme.

А потім, прямо поруч із ним, котилося яблуко.

Il réalisa que la pomme avait dû lui être lancée.

Мабуть, яблуко кинули в нього, зрозумів він.

Mais il n'eut pas le temps de réfléchir qu'une autre pomme arriva.

Але у нього не було часу думати, бо з'явилося ще одне яблуко.

Gregor resta figé, sous le choc de la nouvelle stratégie de son père.

Грегор заціпенів від шоку від нової стратегії батька.

Il ne pouvait plus rien gagner à essayer de fuir.

Він більше не міг нічого отримати від спроб втекти.

Le père avait décidé de le bombarder de fruits.

Батько вирішив засипати його фруктами.

Il avait rempli ses poches avec les fruits du bol de la cuisine.

Він наповнив кишені фруктами з кухонної миски.

Sans viser particulièrement, il lançait pomme après pomme.

Не цілячись особливо, він кидав яблуко за яблуком.

Ces petites pommes rouges roulaient sur le sol.

Ці маленькі червоні яблука котилися по землі.

Comme électrifiées, les pommes se heurtèrent les unes aux autres.

Ніби наелектризовані, яблука стукалися одне об одне.

Une des pommes, lancée mollement, a effleuré le dos de Gregor.

Одне з слабо кинутих яблук зачепило Грегора за спину.

Heureusement pour lui, la pomme a glissé sans le blesser.

На щастя для нього, те яблуко зісковзнуло без шкоди.

Cependant, la pomme lancée ensuite était plus précise.

Однак яблуко, кинуте потім, було точніше.

Et cette pomme s'est logée profondément dans le dos de Gregor.

І це яблуко глибоко застрягло Грегору в спині.

Gregor voulait s'éloigner de la douleur.

Грегор хотів позбутися болю.

Peut-être pourrait-on échapper à cette nouvelle douleur inimaginable.

Можливо, цього нового, неймовірного болю можна було б уникнути.

Un changement d'endroit pourrait peut-être soulager son supplice.

Можливо, зміна місця проживання полегшила б його муки.

Mais il avait l'impression d'être cloué au sol.

Але він відчував себе так, ніби його прибили до підлоги.

Il s'étira, mais seulement à cause de sa confusion.

Він потягнувся, але лише через свою розгубленість.

Ce n'est qu'à son dernier regard qu'il vit la porte s'ouvrir.

Лише востаннє він побачив, як відчиняються двері.

La mère s'est précipitée devant sa sœur qui hurlait.

Мати вибігла назустріч кричущій сестрі.

Sa sœur l'avait déshabillée, elle était donc encore en chemise.

Сестра роздягнула її, тож вона була в одній сорочці.

Elle avait besoin de respirer pendant son inconscience.

Їй потрібен був перепочинок у стані несвідомості.

Il voyait encore la mère courir vers le père.

Він все ще бачив, як мати бігла до батька.

Ses jupes glissèrent au sol, l'une après l'autre.

Її спідниці одна за одною сповзали на землю.

Il la vit s'approcher du père et trébucher sur sa jupe.

Він бачив, як вона підійшла до батька і спіткнулася об спідницю.

L'enlaçant, elle demanda qu'on épargne la vie de Gregor.

Обійнявши його, вона попросила зберегти життя Грегора.

En parfaite harmonie avec son corps, sa vue s'est éteinte.

У повному єднанні зі своїм тілом, його зір підвів.

Troisième partie
Частина третя

Gregor a souffert de cette grave blessure pendant plus d'un mois.

Грегор страждав від важкої травми понад місяць.

La pomme restait incrustée ; personne n'osait l'enlever.

Яблуко залишалося вкопаним; ніхто не наважувався його вийняти.

La pomme restait plantée dans sa chair comme un rappel visible.

Яблуко залишилося в його тілі як видиме нагадування.

Mais la pomme servait aussi de rappel au père.

Але яблуко також слугувало нагадуванням для батька.

Il comprit que Gregor ne devait pas être traité comme un ennemi.

Він зрозумів, що до Грегора не слід ставитися як до ворога.

Actuellement, son apparence pourrait être triste et repoussante.

Зараз його вигляд може бути сумним і огидним.

Mais il restait néanmoins un membre de leur famille.

Але попри це, він все ще був членом їхньої родини.

Il a fallu accepter et tolérer cette réticence.

Неохочу довелося проковтнути та терпіти.

En raison de sa blessure, il risque fort de perdre sa mobilité à jamais.

Через поранення він цілком може втратити мобільність назавжди.

Il continuait à ramper dans sa chambre, mais beaucoup plus lentement.

Він все ще повзав по своїй кімнаті, але набагато повільніше.

Ramper à une quelconque hauteur était hors de question.

Про повзання на будь-якій висоті не могло бути й мови.

Mais Gregor a bien reçu une forme de compensation.

Але Грегор таки отримав певну компенсацію.

Le soir, la porte du salon lui fut ouverte.

Увечері йому відчинили двері вітальні.
Et il estimait que ces réparations étaient tout à fait adéquates.
І він вважав ці репарації цілком достатніми.
Avant le soir, il avait déjà commencé à surveiller la porte.
Ще до вечора він почав стежити за дверима.
Il était allongé dans l'obscurité, invisible depuis le salon.
Він лежав у темряві, невидимий з вітальні.
Il pouvait voir toute la famille à la table illuminée.
Він бачив усю родину за освітленим столом.
Il était désormais autorisé à écouter leurs conversations.
Тепер йому дозволили підслухати їхні розмови.
C'était très différent de leur arrangement précédent.
Це досить сильно відрізнялося від їхньої попередньої домовленості.
Les conversations animées d'autrefois étaient terminées.
Жваві розмови колишніх часів закінчилися.
C'étaient ces conversations qu'il désirait tant.
Це були ті розмови, яких він колись прагнув.
Lorsqu'il dormait seul dans de petites chambres d'hôtel.
Коли він спав сам у маленьких готельних номерах.
Quand il a dû se jeter dans les draps humides.
Коли йому довелося кинутися у вологу ковдру.
Mais les soirées étaient désormais généralement calmes et sans incident.
Але вечори тепер були здебільшого тихими та без пригод.
Le père s'est endormi dans son fauteuil après le dîner.
Батько заснув у своєму кріслі після вечері.
Et la mère et la sœur s'exhortaient mutuellement à se taire.
А мати й сестра закликали одна одну бути тихими.
La mère, penchée très haut sur la lampe, cousait du lin.
Мати, схилившись далеко над світлом, шила лляну білизну.
Elle confectionne maintenant des robes pour l'un des magasins de mode.
Вона зараз шила сукні для одного з модних магазинів.

Comme Gregor, sa sœur avait trouvé un emploi de vendeuse.

Як і Грегор, сестра влаштувалася на роботу продавчинею.

Elle apprenait la sténographie et le français le soir.

Вечорами вона вивчала стенографію та французьку мову.

Afin qu'elle puisse peut-être obtenir un meilleur poste plus tard.

Щоб вона, можливо, пізніше змогла отримати кращу посаду.

Parfois, le père se réveillait de sa sieste du soir.

Іноді батько прокидався від вечірнього сну.

« Chérie, tu as déjà cousu tellement longtemps aujourd'hui ! »

«Люба, ти вже так довго сьогодні шиєш!»

Il semblait avoir oublié qu'il dormait.

Здавалося, він забув, що спав.

Mais il retombait aussitôt dans son sommeil.

Але він одразу ж знову провалився у сон.

Et la mère et la sœur s'échangèrent un sourire las.

І мати й сестра стомлено посміхнулися одна одній.

Le père avait développé une étrange nouvelle obstination.

У батька розвинулася дивна нова впертість.

Même chez lui, il refusait d'enlever son uniforme de domestique.

Навіть удома він відмовлявся знімати свою уніформу слуги.

Et son peignoir pendait inutilement sur le cintre.

А його халат марно висів на вішалці.

Le père dormit donc, tout habillé, dans son fauteuil.

Тож батько спав, повністю одягнений, у своєму кріслі.

C'était comme s'il était toujours prêt à rendre service.

Здавалося, що він завжди готовий був служити.

Comme s'il attendait simplement la voix de son supérieur.

Ніби він тільки й чекав голосу свого начальника.

Cela a eu pour conséquence que son uniforme a perdu sa propreté.

Через це його уніформа втратила свою чистоту.

Bien que l'uniforme ne fût pas neuf lorsqu'il l'a reçu.

Хоча форма теж не була новою, коли він її отримав.

Et la mère faisait de son mieux pour prendre soin de l'uniforme.

І мати щосили доглядала за формою.

Gregor passait des soirées entières à contempler cet uniforme.

Грегор цілі вечори розглядав цю уніформу.

Il observa le vieil homme dormir très mal.

Він спостерігав, як старий неспокійно спав.

Mais dans son sommeil, il remarqua aussi quelque chose de paisible.

Але уві сні він також помітив щось мирне.

Lorsque l'horloge a sonné dix heures, la mère a essayé de le réveiller.

Коли годинник пробив десяту, мати спробувала його розбудити.

Elle lui parla doucement et le persuada d'aller se coucher.

Вона тихо говорила і вмовила його лягти спати.

Parce que dormir sur un fauteuil, ce n'était pas du vrai sommeil.

Бо спати в кріслі не було справжнім сном.

Il allait devoir commencer à travailler à six heures.

Йому потрібно було починати роботу о шостій годині.

Il avait donc vraiment besoin de dormir le mieux possible.

Тож йому справді потрібно було якомога міцніше виспатися.

Mais il était pris d'une nouvelle forme d'obstination.

Але його охопила нова форма впертості.

Le fait de devenir serviteur avait commencé à avoir cet effet sur lui.

Те, що він став слугою, почало мати на нього такий вплив.

Il insistait donc toujours pour rester plus longtemps à table.

Тож він завжди наполягав на тому, щоб довше залишатися за столом.

Bien qu'il se rendormît régulièrement dans son fauteuil.

Хоча він регулярно знову засинав у своєму кріслі.

Et il ne pouvait être déplacé qu'avec la plus grande difficulté.

І його можна було зрушити з місця лише з великими труднощами.

Il a fallu lui dire que ce lit lui conviendrait mieux.

Йому довелося сказати, що ліжко буде для нього кращим.

La mère et la sœur ont dû insister, malgré quelques avertissements.

Матері та сестрі довелося наполягати, незначно застерігаючи.

Pendant quinze minutes, il se contenta de secouer lentement la tête.

Протягом п'ятнадцяти хвилин він лише повільно хитав головою.

Et il garda les yeux fermés et refusa de se lever.

І він тримав очі заплющеними, і відмовлявся вставати.

La mère tira doucement, mais fermement, sur sa manche.

Мати смикнула його за рукав, ніжно, але рішуче.

Et elle lui murmurait des mots flatteurs à l'oreille, encore fatiguée.

І вона шепотіла йому на втомлені вуха приємні слова.

La sœur a interrompu sa tâche pour aider sa mère.

Сестра покинула свою роботу, щоб допомогти матері.

Mais aucun de leurs efforts n'a fonctionné sur le père.

Але жодна з їхніх зусиль не подіяла на батька.

Il s'enfonça encore plus profondément dans son fauteuil, prêt à dormir.

Він ще глибше занурився в крісло, готуючись спати.

Et finalement, les femmes l'ont attrapé sous les aisselles.

І нарешті жінки схопили його під пахви.

Il ouvrit les yeux et les regarda tour à tour.

Він розплющив очі й по черзі дивився на них.

« Quelle vie ! » se plaignit-il en allant se coucher.

«Що за життя таке», — поскаржився він, лягаючи спати.

« Est-ce là la paix qui m'a été accordée dans ma vieillesse ? »

«Чи це той спокій, який мені дали в старості?»

Mais alors, s'appuyant sur les deux femmes, il se leva maladroitement.

Але потім, спираючись на двох жінок, він незграбно підвівся.

Il agissait comme s'il portait le fardeau le plus lourd.

Він поводився так, ніби ніс найважчий тягар.

Il laissa les deux femmes le conduire au fond de la pièce.

Він дозволив двом жінкам провести його до кінця кімнати.

Là, il leur souhaita bonne nuit et poursuivit son chemin seul.

Там він побажав їм на добраніч і продовжив свій шлях.

Mais la mère jeta précipitamment son nécessaire à couture.

Але мати поспішно кинула свій швейний набір.

Et la sœur posa elle aussi le stylo et le bloc-notes.

І сестра також поклала ручку та блокнот.

Et ils coururent derrière le père pour l'aider davantage.

І вони побігли за батьком, щоб допомогти йому далі.

Qui, dans cette famille surmenée, avait du temps à consacrer à Gregor ?

Хто в цій перевантаженій роботою родині мав час для Грегора?

Qui aurait pu lui accorder plus d'attention que nécessaire ?

Хто міг приділити йому більше уваги, ніж було потрібно?

Le budget des ménages est devenu de plus en plus restreint.

Домашній бюджет ставав дедалі обмеженішим.

Finalement, pour faire des économies, ils ont dû licencier la bonne.

Зрештою, щоб заощадити гроші, їм довелося звільнити покоївку.

Elle fut remplacée par une femme à la carrure imposante et aux cheveux blancs.

Її замінила товстокіса жінка з білим волоссям.

Mais cette femme ne venait que le matin et le soir.

Але ця жінка приходила лише вранці та ввечері.

Et tout le travail le plus lourd et le plus pénible lui avait été réservé.

І вся найважча та найскладніша робота була збережена для неї.

Toutes les autres tâches ménagères étaient prises en charge par la mère.

Всі інші хатні справи виконувала мати.

Il est même arrivé que plusieurs bijoux de famille soient vendus.

Траплялося навіть, що продавалися різні сімейні коштовності.

Des bijoux que les femmes avaient portés avec joie lors des festivités.

Ювелірні вироби, які жінки із задоволенням носили під час святкувань.

Gregor a appris cela lors d'une discussion générale.

Грегор дізнався про це з однієї із загальних дискусій.

Le principal grief, cependant, portait sur autre chose.

Найбільша скарга, однак, полягала в іншому.

L'appartement était trop grand, mais ils ne pouvaient pas déménager.

Квартира була занадто великою, але вони не могли звідти виїхати.

Il était impossible de déplacer Gregor.

Вони ніяк не могли переселити Грегора.

Mais Gregor comprit que ce n'était pas seulement une question de considération.

Але Грегор зрозумів, що справа була не лише в роздумах.

Quelque chose d'autre les a empêchés de déménager ailleurs.

Щось інше заважало їм переїхати кудись ще.

Il aurait facilement pu être transporté dans une caisse appropriée.

Його можна було легко перевезти у відповідній скриньці.

Leur sentiment de désespoir total les a paralysés.

Почуття повної безнадії стримувало їх.

Ils ne voulaient pas admettre que le malheur les avait frappés.

Вони не хотіли визнавати, що їх спіткало нещастя.

Ils ont accompli ce que le monde exige des pauvres.

Те, чого світ вимагає від бідних людей, вони виконали.

Le père a apporté le petit déjeuner au jeune employé de banque.
Батько приніс сніданок для маленького банківського клерка.
La mère s'est sacrifiée pour laver le linge d'inconnus.
Мати пожертвувала собою заради прання чужої білизни.
La sœur faisait des allers-retours pour prendre les commandes des clients.
Сестра бігала туди-сюди за замовленнями клієнтів.
Mais ils n'avaient tout simplement plus la force d'en faire plus.
Але у них просто не було сил зробити щось більше.
La blessure dans le dos de Gregor commença à le faire encore plus souffrir.
Рана на спині Грегора почала боліти ще сильніше.
Chaque soir, la mère et la sœur amenaient le père au lit.
Щовечора мати й сестра приносили батька спати.
Ils laissèrent leur travail où il était et s'assirent ensemble.
Вони залишили свою роботу там, де вона була, і сіли разом.
Ils se rapprochèrent et s'assirent joue contre joue.
І вони підійшли ближче одне до одного, сіли щока до щоки.
La mère désigna la pièce d'où il observait.
Мати вказала на кімнату, звідки він спостерігав.
« Pourriez-vous fermer la porte ? » demanda-t-elle à sa sœur.
«Чи не зачиниш ти двері?» — попросила вона сестру.
Et Gregor se retrouva de nouveau seul dans le noir.
І тоді Грегор знову залишився сам у темряві.
Et dans la pièce voisine, la femme mêla leurs larmes.
А в сусідній кімнаті жінка змішала їхні сльози.
Ou bien ils restaient assis, les yeux secs, fixant simplement la table.
Або ж вони сиділи з сухими очима, просто втупившись у стіл.
Gregor ne dormait pratiquement pas, ni la nuit ni le jour.
Грегор майже не спав ні вночі, ні вдень.

Il réfléchissait souvent à la façon dont il pourrait aider sa famille.

Він часто думав про те, як міг би допомогти родині.

Il songea à gagner à nouveau de l'argent pour eux.

Він думав про те, щоб знову заробити для них гроші.

Il songea à faire ce qu'il faisait autrefois pour eux.

Він подумав про те, щоб зробити для них те, що робив раніше.

Le représentant autorisé lui revint dans ses pensées.

У своїх думках уповноважений представник повернувся.

Et cette fois, le patron est également venu à l'appartement.

І цього разу до квартири також прийшов начальник.

Et les commis et les apprentis étaient là aussi.

І клерки, і учні теж там були.

Même le domestique un peu simplet est venu le voir.

Навіть тупоголовий службовець прийшов до нього.

Il y avait deux ou trois amis d'autres entreprises.

Було двоє чи троє друзів з інших підприємств.

Une des femmes de chambre d'un hôtel de province.

Одна з покоївок з готелю в провінції.

Un souvenir précieux et fugace auquel il s'efforçait de s'accrocher.

Дорогий і швидкоплинний спогад, який він намагався зберегти.

Une caissière d'une chapellerie pour laquelle il avait des intentions.

Касир з капелюшного магазину, для якої він мав наміри.

Mais il avait été un peu trop lent à obtenir son approbation.

Але він трохи запізнився, щоб завоювати її схвалення.

Ils lui apparurent tous, mêlés à des inconnus.

Всі вони з'являлися в його думках, перемішані з незнайомцями.

Et d'autres n'apparurent pas ; ils étaient déjà oubliés.

А інші не з'явилися; про них уже забули.

Mais ils ne l'ont pas aidé, ni lui, ni sa famille.

Але вони не допомогли ні йому, ні родині.

Ils étaient inaccessibles, et il était content quand ils sont partis.
Вони були недоступні, і він зрадів, коли вони зникли.
Il n'était pas toujours d'humeur à se soucier de sa famille.
Він не завжди був у настрої турбуватися про сім'ю.
Et il était rempli de rage à cause de ce manque d'attention.
І його сповнювала лють від браку уваги.
Et il ne pouvait imaginer rien qui puisse lui faire envie.
І він не міг уявити собі нічого, чого б йому захотілося.
Mais il avait tout de même prévu de cambrioler le garde-manger.
Але він все ще планував проникнути в комору.
Et il allait prendre tout ce qui lui était dû.
І він збирався взяти все, на що заслуговував.
Sa sœur ne faisait plus aucun effort particulier pour lui.
Сестра більше не докладала для нього особливих зусиль.
Elle ne consacrait plus de temps à chercher à lui plaire.
Вона більше не витрачала час на роздуми про те, як догодити йому.
Avant d'aller travailler, elle a rapidement glissé de la nourriture dans la pièce.
Перед роботою вона швидко заштовхала трохи їжі в кімнату.
Et le soir venu, elle a rapidement ramassé les restes.
А ввечері вона знову швидко змела їжу.
Elle ne faisait plus attention à savoir s'il avait mangé ou non.
Чи поїв він, чи ні, вона вже не помічала.
Le plus souvent, la nourriture restait intacte.
Найчастіше тепер їжу залишали недоторканою.
Elle continuait de traverser la pièce rapidement le soir.
Вона все ще швидко проносилася по кімнаті ввечері.
Mais maintenant, elle se contentait du strict minimum, aussi vite que possible.
Але тепер вона зробила найнеобхідніше, якомога швидше.
Des traînées de saleté jonchaient les murs.
По стінах залишалися смуги бруду.
Des boules de poussière et de détritus jonchaient le sol.

На підлозі залишилися лежати кульки пилу та сміття.
Gregor manifesta son désapprobation face à son manque d'attention.
Грегор висловив своє несхвалення її недбальством.
Il se tourna selon un angle particulièrement significatif.
Він повернувся під особливо значним кутом.
Mais il aurait pu rester à ce poste pendant des semaines.
Але він міг би залишатися на цій посаді тижнями.
Sa sœur n'aurait pas remarqué son mécontentement.
Його сестра не помітила б його невдоволення.
Elle voyait la saleté aussi bien que lui, voire mieux.
Вона бачила бруд так само добре, як і він, якщо не краще.
Mais elle avait décidé de laisser la saleté où elle était.
Але вона вирішила залишити землю там, де вона була.
À cette époque, elle a développé une sensibilité totalement nouvelle.
У той час вона набула зовсім нової чутливості.
Elle s'était donné pour mission de nettoyer la chambre de Gregor.
Вона взяла на себе обов'язок прибирати кімнату Грегора.
La famille a été touchée par sa gentillesse et sa prévenance.
Родина була зворушена її доброю турботою.
Une fois, sa mère avait nettoyé sa chambre de fond en comble.
Одного разу мати ретельно прибрала його кімнату.
Ce n'est qu'après avoir utilisé plusieurs seaux d'eau qu'elle a réussi.
Лише після використання кількох відер води їй це вдалося.
Cependant, l'humidité nouvelle dans la pièce a nui à Gregor.
Однак нова вогкість у кімнаті шкодила Грегору.
Et il gisait, étendu de tout son long, amer et immobile sur le canapé.
І він лежав широкий, озлоблений і нерухомий на дивані.
Mais ce n'était que sa première punition pour avoir aidé.
Але це було лише її перше покарання за допомогу.
La sœur remarqua rapidement le changement dans la chambre de Gregor.

Сестра швидко помітила зміну в кімнаті Грегора.

Et elle s'est précipitée dans le salon, extrêmement insultée.

І вона вбігла до вітальні, вкрай ображена.

Sa mère leva les mains et tenta de la supplier.

Її мати підняла руки і спробувала благати її.

Mais malgré une explication sincère, elle a éclaté en sanglots.

Але попри щире пояснення, вона розплакалася.

Le père, bien sûr, sursauta et se leva de sa chaise.

Батько, звісно, злякано схопився зі стільця.

Et les deux parents regardaient, stupéfaits et impuissants.

А двоє батьків дивилися на це, здивовані та безпорадні.

Et finalement, leurs émotions s'agitèrent elles aussi.

І зрештою їхні емоції також загострилися.

Le père a reproché à la mère ce qu'elle avait fait.

Батько дорікнув матері за скоєне.

« Tu aurais dû laisser la chambre à Grete pour qu'elle la nettoie. »

«Тобі слід було залишити кімнату, щоб Грета прибрала».

Grete a crié sur sa mère parce qu'elle avait nettoyé sa chambre.

Грета кричала на матір за те, що та прибрала в його кімнаті.

«Tu n'as plus jamais le droit de nettoyer sa chambre !»

"Тобі більше ніколи не дозволять прибирати в його кімнаті!"

La mère a essayé d'entraîner le père dans la chambre.

Мати спробувала затягнути батька до спальні.

La sœur resta seule dans la pièce, tremblante et sanglotant.

Сестра залишилася в кімнаті, тремтячи та ридаючи.

Et elle frappa la table avec ses petits poings.

І вона стукала по столу своїми маленькими кулачками.

Et Gregor siffla bruyamment de colère contre eux tous.

І Грегор голосно зашипів від гніву на всіх них.

Pourquoi personne n'avait-il pensé à lui fermer la porte ?

Чому ніхто не подумав зачинити для нього двері?

Ils auraient pu lui épargner ce spectacle et ce bruit.

Вони могли б позбавити його цього видовища та шуму.

Sa sœur était épuisée après être rentrée du travail.

Сестра була виснажена після повернення з роботи.

Et s'occuper de Gregor représentait encore plus de travail pour elle.

А турбота про Грегора була для неї ще більшим навантаженням.

Mais cela ne signifie pas que la mère aurait dû le faire.

Але це не означало, що мати мала це зробити.

Gregor, en revanche, ne doit pas être négligé.

Грегора, з іншого боку, не слід нехтувати.

Mais maintenant, ils avaient une nouvelle bonne qui pouvait faire ce genre de choses.

Але тепер у них була нова служниця, яка вміла робити такі речі.

Une veuve âgée à la charpente osseuse robuste.

Літня вдова, яка мала міцну кісткову структуру.

Une stature qui l'a aidée à survivre à sa vie difficile.

Статура, яка допомогла їй пережити її складне життя.

L'apparence de Gregor ne lui déplaisait pas vraiment.

Вона не відчувала справжньої відрази до зовнішності Грегора.

Elle avait ouvert la porte de la chambre de Gregor par inadvertance.

Вона випадково відчинила двері до кімнати Грегора.

Ce n'était pas par curiosité particulière à propos de la pièce.

Це не було з якоїсь особливої цікавості до кімнати.

Elle faisait simplement son travail et a ouvert la porte par hasard.

Вона просто виконувала свою роботу і випадково відчинила двері.

Gregor, bien sûr, fut complètement surpris par elle.

Грегор, звісно, був нею цілковито здивований.

Il n'était pas poursuivi, mais il courait d'avant en arrière.

Його не переслідували, але він бігав туди-сюди.

Elle croisa simplement les bras et le regarda ramper.

А вона просто склала руки і дивилася, як він повзе.

Depuis lors, elle lui entrouvrait toujours un peu la porte.

Відтоді вона завжди трохи відчиняла для нього двері.

Un matin, elle a jeté un coup d'œil pour voir comment il allait.

Одного ранку вона зазирнула дізнатися, як у нього справи.

Et le soir, elle est allée prendre de ses nouvelles avant de partir.

А ввечері, перед тим як піти, вона перевірила його стан.

Au début, elle a aussi essayé de l'appeler pour qu'il vienne la rejoindre.

Спочатку вона також намагалася покликати його до себе.

« Viens par ici, vieux bousier ! » disait-elle.

«Іди сюди, старий гнойовий жуче!» — казала вона.

Ou bien elle disait, amicalement : « Regardez ce vieux bousier ! »

Або ж вона дружелюбно сказала: «Подивіться на старого гнойового жука!».

Gregor n'a jamais réagi lorsqu'on lui parlait de cette façon.

Грегор ніколи не реагував на таке звернення.

Il resta là, immobile, et l'ignora.

Він залишився там, не рухаючись, і ігнорував її.

« Si seulement on lui avait expliqué comment faire correctement son travail. »

«Якби ж їй тільки сказали, як правильно виконувати свою роботу».

« Au lieu de me déranger, elle devrait nettoyer ma chambre. »

«Замість того, щоб мене турбувати, вона повинна прибрати в моїй кімнаті».

Tôt le matin, une forte pluie a frappé les fenêtres.

Одного разу рано-вранці у вікна вдарив сильний дощ.

Peut-être la pluie était-elle déjà un signe du printemps à venir.

Можливо, дощ вже був ознакою майбутньої весни.

La bonne recommença à lui parler de cette façon.

Служниця знову почала так з ним розмовляти.

Gregor était tellement amer qu'il se tourna vers elle.

Грегор був такий озлоблений, що повернувся до неї обличчям.

Il était lent et infirme, mais c'était une sorte d'attaque.

Він був повільним і немічним, але це було щось на кшталт нападу.

La bonne, en revanche, n'avait absolument pas peur de Gregor.

Служниця, однак, зовсім не боялася Грегора.

Au lieu de cela, elle souleva une chaise qui se trouvait près de la porte.

Натомість вона підняла стілець, що стояв біля дверей.

Et elle resta là, calmement, la bouche grande ouverte.

І вона стояла там, спокійно, з широко відкритим ротом.

Ses intentions étaient claires, même Gregor pouvait le voir.

Її наміри були ясними, навіть Грегор це бачив.

Et il se retourna lentement pour reprendre sa position initiale.

І він повільно повернувся у своє початкове положення.

« Donc vous ne voulez pas vous approcher davantage, n'est-ce pas ? »

— Тож ти не хочеш підійти ближче, чи не так?

Et elle remit discrètement la chaise dans le coin.

І вона тихенько поставила стілець назад у куток.

Gregor ne mangeait presque plus rien.

Грегор майже нічого не їв.

Parfois, lors de ses promenades dans la pièce, il s'arrêtait.

Іноді, прогулюючись по кімнаті, він зупинявся.

Et il se retrouva à côté du repas qui lui avait été préparé.

І він опинився поруч із приготованою для нього їжею.

Il mit la nourriture dans sa bouche, mais seulement pour jouer avec.

Він поклав їжу до рота, але лише для того, щоб погратися з нею.

Et bien souvent, il le recrachait quelques heures plus tard.

І досить часто він знову його випльовував через кілька годин.

Il essaya de trouver une raison à son manque d'appétit.
Він намагався знайти причину своєї відсутності апетиту.
Peut-être parce qu'il était triste de l'état de sa chambre.
Можливо, тому, що він був засмучений станом своєї кімнати.
Mais il s'était fait à l'idée des changements survenus dans la pièce.
Але він змирився зі змінами в кімнаті.
Récemment, sa chambre était devenue une sorte de débarras.
Останнім часом його кімната перетворилася на щось на кшталт комори.
Ils avaient pris l'habitude de laisser des choses là.
Вони вже мали звичку залишати там речі.
Et il restait maintenant beaucoup de choses de ce genre dans sa chambre.
І тепер у його кімнаті залишилося багато таких речей.
Parce qu'une chambre de l'appartement avait été louée.
Тому що одна кімната квартири була здана в оренду.
Trois messieurs sérieux louaient la chambre ensemble.
Троє серйозних джентльменів орендували кімнату разом.
Gregor les avait aperçus un jour à travers une fente dans la porte.
Грегор якось помітив їх крізь щілину у дверях.
Ils portaient des barbes fournies et étaient habillés avec un soin méticuleux.
У них були густі бороди, і вони були ретельно одягнені.
Ils étaient scrupuleux quant à la propreté des lieux.
Вони ретельно стежили за тим, щоб у всьому було чисто.
Leur obsession pour la propreté ne s'arrêtait pas à leur chambre.
Їхня наполегливість щодо охайності не обмежувалася лише їхньою кімнатою.
L'appartement entier devait être maintenu d'une propreté impeccable.
Вся квартира мала бути ідеально чистою.
Ils étaient encore plus pointilleux sur l'apparence de la cuisine.

Вони були ще більш перебірливими щодо того, як виглядала кухня.

Et ils ne supportaient aucun encombrement inutile.

І вони не могли терпіти жодного зайвого безладу.

Ils avaient également apporté leurs propres meubles.

Вони також привезли з собою власні меблі.

C'est pourquoi beaucoup de choses étaient devenues superflues.

Через це багато речей стало зайвими.

C'étaient des choses pour lesquelles personne n'aurait payé.

Це були речі, за які ніхто не платив би грошей.

Mais la famille ne voulait pas non plus se débarrasser de ces objets.

Але родина також не хотіла позбуватися цих речей.

Tous ces objets ont fini quelque part dans la chambre de Gregor.

Усі ці речі кудись потрапили до кімнати Грегора.

Le cendrier de la cuisine se trouvait désormais dans sa chambre.

Попільниця з кухні тепер зберігалася в його кімнаті.

Et les ordures étaient entreposées dans sa chambre jusqu'au jour de la collecte.

А сміття зберігалося в його кімнаті до дня сміттєвого вивезення.

La bonne a jeté dans sa chambre tout ce dont elle n'avait pas besoin.

Покоївка кидала до його кімнати все, що їй не було потрібно.

Heureusement, il n'a vu que la main et l'objet.

На щастя, він побачив лише руку та предмет.

Elle comptait probablement revenir chercher les affaires plus tard.

Вона, мабуть, мала намір повернутися за речами пізніше.

Ou peut-être voulait-elle tout jeter d'un coup.

А може, вона хотіла викинути все за один раз.

Cependant, tout est resté là où il s'était initialement posé.

Однак, все залишилося там, де спочатку приземлилося.

À moins que Gregor n'ait déplacé les débris en se faufilant à travers.

Хіба що Грегор пересунув це мотлох, пробираючись крізь нього.

Au début, il a été obligé de ramper à travers tous les détritus.

Спочатку його змусили повзати крізь усе це мотлох.

Il lui était impossible d'éviter cela.

У нього не було жодної можливості уникнути цього.

Mais plus tard, il a finalement trouvé du plaisir dans cette activité.

Але пізніше він справді знайшов задоволення в цьому занятті.

Bien que ces efforts l'aient laissé triste et profondément fatigué.

Хоча такі зусилля залишали його сумним і глибоко стомленим.

Et ensuite, il est resté incapable de bouger pendant de nombreuses heures.

А після цього він багато годин не міг рухатися.

Les locataires prenaient parfois leurs repas dans le salon.

Квартиранти іноді обідали у вітальні.

La porte du salon restait fermée ces soirs-là.

Двері вітальні залишалися зачиненими в ті вечори.

Mais Gregor n'avait aucune difficulté à ne pas ouvrir la porte à présent.

Але Грегор без труднощів не відчинив двері.

Même lorsque la porte était ouverte, il ne regardait pas toujours dehors.

Навіть коли двері були відчинені, він не завжди виглядав назовні.

Mais il s'allongea dans le coin le plus sombre de la pièce.

Але він ліг у найтемнішому кутку кімнати.

La famille n'a pas non plus remarqué son manque d'attention.

Родина також не помічала його браку уваги.

Mais une fois, la bonne a laissé la porte ouverte.

Але одного разу покоївка залишила двері відчиненими.

La porte est restée ouverte même au retour des locataires.
Двері залишалися відчиненими навіть після повернення квартирантів.
Et la porte était ouverte quand la lumière a été allumée.
І двері були відчинені, коли увімкнули світло.
L'homme était assis à la table où la famille dînait.
Чоловік сидів за столом, де вечеряла родина.
Autrefois, père, mère et Gregor étaient assis là.
Батько, мати та Грегор сиділи там у давні часи.
Ils déplièrent les serviettes et prirent des couteaux et des fourchettes.
Вони розгорнули серветки та взяли ножі й виделки.
La mère apparut sur le seuil avec un bol de viande.
Мати з'явилася у дверях з мискою м'яса.
Puis sa sœur est entrée avec un bol plein de pommes de terre.
Потім зайшла сестра з мискою, повною картоплі.
Les locataires se penchèrent sur les bols placés devant eux.
Квартиранти схилилися над мисками, поставленими перед ними.
L'épaisse fumée des aliments leur montait jusqu'au nez.
Густий дим від їжі піднімався їм до носа.
Mais ils n'avaient pas encore décidé s'ils allaient manger.
Але вони ще не вирішили, чи їстимуть цю їжу.
Peut-être renverraient-ils le plat en cuisine.
Можливо, вони відправлять їжу назад на кухню.
L'homme assis au milieu semblait être l'autorité.
Чоловік, що сидів посередині, здавався авторитетом.
Il a coupé la viande pour déterminer si elle était suffisamment tendre.
Він розрізав м'ясо, щоб перевірити, чи воно достатньо м'яке.
Il était satisfait de l'odeur et de l'apparence des aliments.
Він був задоволений тим, як пахла і виглядала їжа.
La mère et la sœur les observaient avec anxiété.
Мати й сестра з тривогою спостерігали за ними.

Et ils commencèrent à sourire, poussant un soupir de soulagement accumulé.

І вони почали посміхатися зітхаючи з наростаючим полегшенням.

La famille allait elle-même manger dans la cuisine.

Сама родина збиралася обідати на кухні.

Mais avant cela, le père alla voir comment allaient les locataires.

Але спочатку батько пішов перевірити квартирантів.

Il s'inclina une fois, tenant sa casquette de travail à la main.

Він вклонився один раз, тримаючи в руці свою кепку після роботи.

Et il fit le tour de la table, saluant chaque invité.

І він обійшов коло навколо столу, до кожного гостя

Les locataires se levèrent tous en marmonnant dans leur barbe.

Усі мешканці встали, бурмочучи собі в бороди.

Après son départ, ils mangèrent dans un silence presque complet.

Після його відходу вони їли майже в повній тиші.

Gregor trouvait étrange d'entendre des bruits de mastication.

Грегору здалося дивним, що він чув жування.

Aucun autre aspect du repas ne semblait produire le moindre son.

Здавалося, що жоден інший аспект харчування не видавав жодного звуку.

Mais il pouvait distinctement entendre des dents grincer.

Але він чітко чув скрегіт зубів.

Ils semblaient lui dire qu'il avait besoin de dents pour manger.

Здавалося, вони казали йому, що йому потрібні зуби, щоб їсти.

« On ne peut rien faire si on n'a plus de dents dans la mâchoire. »

«Ти нічого не зможеш зробити, якщо твої щелепи беззубі».

« J'aimerais manger quelque chose », dit Gregor avec anxiété.

«Я б хотів щось з'їсти», — стурбовано сказав Грегор.

« Mais je n'ai aucun appétit pour ce que vous mangez tous. »

«Але в мене немає апетиту до того, що ви всі їсте».

« Regardez ces locataires manger, et moi je meurs de faim. »

«Подивіться, ці постояльці їдять, а я тут помираю з голоду».

Ce soir-là, Gregor pensait justement au violon.

Того вечора Грегор випадково подумав про скрипку.

Il n'avait plus entendu le violon depuis la transformation.

Він не чув скрипки з часу перетворення.

Mais ce soir-là, un bruit est venu de la cuisine.

Але потім, цього вечора, з кухні долинув якийсь звук.

Les messieurs avaient déjà terminé leur repas du soir.

Панове вже закінчили свою вечерю.

L'homme du milieu avait commencé à lire un journal.

Середній джентльмен почав читати газету.

Il avait donné une feuille à chacun des deux autres messieurs.

Він дав двом іншим джентльменам по аркушу.

Et maintenant, ils étaient affalés en arrière, en train de lire et de fumer.

А тепер вони відкинулися назад, читали та курили.

Lorsque le violon commença à jouer, ils devinrent attentifs.

Коли заграла скрипка, вони стали уважними.

Ils se levèrent et marchèrent sur la pointe des pieds jusqu'à la porte de l'antichambre.

Вони встали й навшпиньки підійшли до дверей передпокою.

Ils se tenaient là, blottis les uns contre les autres, écoutant à la porte.

Тут вони стояли, тулячись одне до одного, і прислухалися біля дверей.

La famille a dû entendre les hommes qui étaient dans la cuisine.

Родина, мабуть, почула чоловіків з кухні.

Car le père les appela et leur demanda :

Бо батько покликав їх і спитав;

« Le violon ne serait-il pas inconfortable pour ces messieurs ? »

«Можливо, скрипка незручна для панів?»

« Si la musique ne vous plaît pas, on peut s'arrêter immédiatement. »

«Якщо тобі не подобається музика, ми можемо негайно зупинитися».

« Au contraire », dit celui du milieu des messieurs.

«Навпаки», — сказав середній з джентльменів.

« La jeune fille aimerait-elle jouer du violon dans notre chambre ? »

"Чи не хотіла б молода леді зіграти на скрипці в нашій кімнаті?"

« C'est nettement plus confortable et chaleureux ici. »

«Тут, безумовно, набагато комфортніше та затишніше».

Le père répondit comme s'il était lui-même le violoniste.

Батько відповів так, ніби він сам був скрипалем.

« Oh, je vous en prie, ce serait merveilleux », s'écria le père.

«О, будь ласка, це було б чудово», — вигукнув батько.

Les messieurs retournèrent au salon et attendirent.

Джентльмени повернулися до вітальні та чекали.

Peu après, le père entra dans la pièce avec le pupitre.

Невдовзі до кімнати зайшов батько з пюпитром.

La mère entra dans la pièce avec le livre de musique.

Мати зайшла до кімнати з нотною книгою.

Et la sœur entra dans la pièce avec le violon.

І сестра зайшла до кімнати зі скрипкою.

Elle a calmement tout préparé pour jouer du violon.

Вона спокійно все підготувала, щоб грати на скрипці.

Les parents exagéraient leur politesse et leurs bonnes manières.

Батьки перебільшували свою ввічливість та манери.

Ils n'avaient jamais loué de chambres à des locataires auparavant.

Вони ніколи раніше не здавали кімнати мешканцям.

Et ils n'osaient même pas s'asseoir sur leurs propres chaises.

І вони навіть не наважувалися сісти на власні стільці.

Au lieu de s'asseoir, le père s'appuya contre la porte.

Замість того, щоб сісти, батько прихилився до дверей.

Sa main droite était coincée entre deux boutons de son manteau.

Його права рука була між двома ґудзиками пальта.

Un monsieur a toutefois offert une chaise à la mère.

Однак матері якийсь джентльмен запропонував стілець.

Mais elle s'assit là où le monsieur avait placé la chaise.

Але вона сіла туди, де пан поставив стілець.

Et il n'avait pas placé la chaise à un endroit précis.

І він не поставив стілець десь конкретно.

La mère s'assit donc à l'écart de tout le monde, dans un coin.

Тож мати сіла осторонь від усіх, у кутку.

Et finalement, la sœur s'est mise à jouer du violon.

І нарешті сестра почала грати на скрипці.

Les parents, placés de part et d'autre, suivaient attentivement.

Батьки, які були з протилежних боків, пильно стежили за цим.

Et ils observaient attentivement chacun des mouvements de sa main.

І вони уважно стежили за кожним рухом її руки.

Gregor était également attiré par le jeu du violon.

Грегора також приваблювала гра на скрипці.

Et il s'aventura un peu plus loin hors de sa chambre.

І він наважився вийти зі своєї кімнати трохи далі.

Il avait déjà la tête dans le salon.

Він уже був з головою у вітальні.

Il était très fier d'être très attentionné.

Він колись дуже пишався своєю уважністю.

Mais récemment, il ne remettait guère en question son manque d'attention.

Але останнім часом він майже не ставив під сумнів свою неуважність.

Même s'il avait maintenant plus de raisons de se cacher qu'auparavant.

Хоча зараз у нього було більше причин ховатися, ніж раніше.

Parce que sa chambre était recouverte de poussière et de saletés diverses.

Бо його кімната була вкрита пилом та різним брудом.

Le moindre mouvement soulevait toutes sortes d'immondices.

Від найменшого руху здіймалася всіляка гидота.

Toute cette saleté lui collait à la peau : poussière, cheveux, restes de nourriture.

Весь цей бруд прилип до нього: пил, волосся, залишки їжі.

Il aurait pu frotter la saleté contre le tapis.

Він міг би потерти бруд об килим.

C'était quelque chose qu'il faisait plusieurs fois par jour.

Це було те, що він робив кілька разів на день.

Mais son indifférence à tout était bien trop grande.

Але його байдужість до всього була надто великою.

Il n'avait donc pas peur d'aller un peu plus loin.

Тож він не боявся просунутися трохи далі.

Et il s'est installé sur le sol impeccable du salon.

І він перейшов на бездоганну підлогу вітальні.

Cependant, personne ne l'a remarqué, ni ne lui a prêté attention.

Однак ніхто його не помітив і не звернув на нього жодної уваги.

La famille était complètement absorbée par le concert.

Родина була повністю захоплена концертом.

Les messieurs, quant à eux, ont d'abord battu en retraite.

Панове ж спочатку відступили.

Et ils se tenaient tout près, derrière le pupitre de la sœur.

І вони стояли близько за пюпитром сестри.

S'ils avaient regardé, ils auraient pu voir les notes de musique.

Якби вони придивилися, то могли б побачити музичні ноти.

Cela aurait évidemment perturbé la sœur.

Це, звичайно, непокоїло б сестру.

Alors, au lieu de s'asseoir, ils restèrent debout près de la fenêtre.

Тоді вони стали біля вікна, замість того, щоб сісти.

Les mains dans les poches, ils continuaient à parler.

Заклавши руки в кишені, вони продовжували говорити.

Ils restèrent là tandis que le père les observait avec anxiété.

Вони залишилися там, поки батько стурбовано спостерігав.

On avait l'impression qu'ils avaient d'autres attentes.

Складалося враження, що в них були інші очікування.

Et il semblait vraiment qu'ils avaient été déçus.

І справді здавалося, що вони розчарувалися.

Il semblait qu'ils en avaient assez du spectacle.

Здавалося, що їм вистачило виступу.

Ils avaient laissé le violon troubler leur tranquillité.

Вони дозволили скрипці порушити їхній спокій.

Et ils ne toléraient la musique que par politesse.

І вони терпіли музику лише з ввічливості.

La façon dont ils ont dissipé la fumée était particulièrement troublante.

Те, як вони здували дим, було особливо тривожним.

Et pourtant, elle jouait du violon avec une telle beauté.

І все ж вона так чудово грала на скрипці.

Son visage était légèrement incliné sur le côté, sur le violon.

Її обличчя було м'яко нахилене набік, на скрипці.

Son regard parcourait tristement les lignes de la musique.

Її очі сумно шукали по нотних рядках.

Gregor se sentait un peu plus attiré par le salon.

Грегора ніби трохи більше тягне до вітальні.

Il gardait la tête près du sol, mais regardait vers le haut.

Він тримав голову близько до землі, але дивився вгору.

Peut-être que de cette façon, le regard de sa sœur croiserait le sien.

Можливо, так погляд його сестри зустрінеться з його очима.

Peut-on vraiment dire qu'il n'était qu'un animal ?

Чи справді можна сказати, що він був просто твариною?

Était-il un animal si la musique pouvait le captiver à ce point ?

Хіба він був твариною, якщо музика могла так його захопити?

Il avait l'impression qu'on lui montrait un chemin vers une nourriture inconnue.

Він відчував, ніби йому вказали шлях до невідомої їжі.

C'était peut-être là le réconfort qui lui manquait.

Можливо, це була та сама підтримка, якої йому бракувало.

Il était déterminé à rejoindre sa sœur.

Він був рішуче налаштований прокласти шлях до своєї сестри.

Il avait envie de tirer sur sa jupe pour attirer son attention.

Він хотів смикнути її за спідницю, щоб привернути її увагу.

Il voulait lui faire comprendre qu'il l'invitait.

Він хотів натякнути їй на запрошення.

« Viens jouer du violon dans ma chambre », aurait-il voulu dire.

«Ходімо пограємо на скрипці в моїй кімнаті», – хотів він сказати.

Il souhaitait qu'elle soit récompensée pour sa magnifique musique.

Він хотів, щоб її винагородили за її прекрасну музику.

« Personne ici ne te récompense pour jouer du violon. »

«Ніхто тут не винагороджує тебе за гру на скрипці».

Il ne voulait plus la laisser sortir de sa chambre.

Він більше не хотів випускати її зі своєї кімнати.

Il voulait qu'elle reste avec lui aussi longtemps qu'il vivrait.

Він хотів, щоб вона залишилася з ним до кінця його життя.

Pour la première fois, sa transformation eut un avantage.

Вперше його перетворення принесло користь.

Sa difformité allait enfin lui être utile.

Його каліцтво нарешті мало стати йому в пригоді.

Il voulait être présent simultanément aux quatre portes.

Він хотів бути біля всіх чотирьох дверей одночасно.

Il avait envie de les siffler et de leur cracher dessus de tous les côtés.

Йому хотілося шипіти та плювати на них з усіх боків.

Sa sœur ne devrait pas être forcée de rester avec lui.

Його сестру не слід змушувати залишатися з ним.

Il voulait qu'elle choisisse volontairement de rester avec lui.

Він хотів, щоб вона добровільно вирішила залишитися з ним.

Elle allait s'asseoir à côté de lui et se pencher vers lui.

Вона збиралася сісти поруч із ним і нахилитись до нього.

Et il allait lui parler de l'école de musique.

І він збирався розповісти їй про музичну школу.

Il avait la ferme intention de l'envoyer à l'académie.

Він мав твердий намір відправити її до академії.

Il en aurait parlé à tout le monde à Noël dernier.

Він би всім розповів про це минулого Різдва.

Noël était-il déjà passé ?

Невже Різдво справді вже настало і минуло?

Et il n'aurait laissé personne le dissuader.

І він би нікому не дозволив відмовити його від цього.

Mais un accident malheureux a tout arrêté.

Але потім нещасний випадок усе зупинив.

La sœur aurait été submergée par l'émotion.

Сестру переповнили б емоції.

Et Gregor aurait alors grimpé jusqu'à son épaule.

А тоді Грегор виліз би їй на плече.

Et il l'aurait réconfortée en l'embrassant dans le cou.

І він би втішив її, поцілувавши в шию.

« Monsieur Samsa ! » appela l'homme au milieu au père.

«Пане Замза!» — гукнув чоловік посередині до батька.

Il pointait Gregor du doigt.

Він тицьнув вказівним пальцем униз на Грегора.

Gregor traversait lentement le salon.

Грегор повільно рухався по підлозі вітальні.

Le jeu du violon s'est très vite tu.

Гра скрипки дуже швидко стихла.

Celui du milieu sourit à ses amis.

Середній з трьох чоловіків посміхнувся своїм друзям.

Puis il secoua la tête et regarda Gregor.

Потім він похитав головою і знову подивився на Грегора.

Le père aurait pu forcer Gregor à retourner dans sa chambre.

Батько міг би силоміць загнати Грегора назад до його кімнати.

Mais ce n'était pas la première action qu'il décida d'entreprendre.

Але це був не перший вчинок, на який він зважився.

Il estimait qu'il était plus important de calmer ces messieurs.

Він вважав, що важливіше заспокоїти джентльменів.

Bien qu'ils ne fussent pas vraiment contrariés par Gregor.

Хоча насправді вони зовсім не були засмученими Грегором.

Gregor semblait plus divertissant que le jeu de violon.

Грегор здавався цікавішим, ніж гра на скрипці.

Il s'est précipité vers eux, les bras tendus.

Він кинувся до них з розпростертими руками.

Il faisait de son mieux pour leur cacher la vue de Gregor.

Він щосили намагався приховати від них уявлення про Грегора.

Et il a essayé de les faire retourner dans leur chambre.

І він спробував заохотити їх повернутися до своєї кімнати.

Au contraire, cela les a un peu agacés.

Насправді це їх трохи роздратувало.

Mais il était difficile de dire exactement ce qui les agaçait.

Але важко було сказати, що саме їх дратувало.

Le père gâchait le divertissement de la soirée.

Батько псував усі розваги вечора.

Mais ils venaient aussi d'apprendre l'existence de leur nouveau colocataire.

Але вони також щойно дізналися про свого нового сусіда по квартирі.

Ils levèrent les mains comme l'avait fait leur père.

Вони підняли руки так само, як це зробив батько.

Ils ont exigé une explication immédiate du père.

Вони вимагали від батька негайного пояснення.

Ils tiraient nerveusement sur leur barbe, cherchant une réponse.

Вони неспокійно смикали свої бороди, шукаючи відповіді.

Et ils reculèrent jusqu'à leur chambre, mais très lentement.

І вони рушили заднім ходом до своєї кімнати, але дуже повільно.

L'interruption avait plongé la sœur dans une sorte de transe.

Це переривання ввело сестру в транс.

Elle laissa pendre le violon et l'archet le long de son corps.

Вона звісила скрипку та смичок збоку.

Et elle regarda la partition comme si elle jouait encore.

І вона дивилася на ноти, ніби ще грали.

Mais soudain, elle est revenue dans la pièce.

Але потім вона раптово повернулася до кімнати.

Et elle avait désormais surmonté le sentiment d'être perdue.

І тепер вона подолала відчуття розгубленості.

Elle a posé l'instrument de musique sur les genoux de sa mère.

Вона поклала музичний інструмент на коліна матері.

La mère était assise sur la chaise, respirant bruyamment.

Мати сиділа на стільці, важко дихаючи.

Et puis la sœur a dû courir dans la pièce voisine.

А потім сестрі довелося бігти до сусідньої кімнати.

Elle devait tout préparer pour les messieurs.

Їй потрібно було все підготувати для джентльменів.

Elle a jeté les couvertures et les coussins en l'air.

Вона підкинула ковдри та подушки в повітря.

Et de ses mains expertes, elle a disposé toute la literie.

І своїми вмілими руками вона розставила всю постільну білизну.

Elle avait terminé avant que les messieurs n'atteignent la pièce.

Вона закінчила, перш ніж джентльмени дійшли до кімнати.

Et elle s'est éclipsée avant de les gêner.

І вона вислизнула, перш ніж стала їм на заваді.

Le père semblait prisonnier de son propre entêtement.

Здавалося, що батько був охоплений власною впертістю.

Et il oublia ainsi tout le respect qu'il devait à ses locataires.

І тому він забув про всю повагу, яку був зобов'язаний своїм орендарям.

Il a insisté sans relâche jusqu'à ce que leur porte-parole s'y oppose.

Він штовхався і штовхався, доки їхній речник не заперечив.

Il a tapé du pied avec colère en arrivant à la porte.

Він сердито тупнув ногою, коли підійшов до дверей.

Et c'est ainsi qu'il immobilisa le père.

І цим він довів батька в глухий кут.

« Par la présente, je déclare », commença-t-il en s'adressant à son propriétaire.

«Цим я заявляю», – почав він звертатися до свого орендодавця.

Et il leva la main, regardant toute la famille.

І він підняв руку, дивлячись на всю родину.

« En ce qui concerne l'état répugnant de la chambre ; »

«Щодо огидних умов у кімнаті;»

Et il s'assurait que tous écoutaient ses paroles.

І він подбав про те, щоб усі слухали його слова.

« Par la présente, je vous informe que je vais libérer ma chambre. »

«Цим я повідомляю про звільнення своєї кімнати.»

Et il a appuyé son propos en crachant par terre.

І він ще раз підтвердив свою думку, плюнувши на землю.

« Je ne paierai pas non plus pour les jours que j'ai passés ici. »

«Я також не заплачу за ті дні, що прожив тут».

Il n'était cependant pas entièrement satisfait de ce remboursement.

Однак він не був повністю задоволений цим відшкодуванням.

« Et j'envisagerai de formuler d'autres demandes à votre
encontre. »
«І я розгляну можливість висунення до вас інших вимог».
« Croyez-moi, de telles demandes seront très faciles à
justifier. »
«Повірте, такі вимоги буде дуже легко виправдати».
Il resta silencieux et regarda droit devant lui, vers son père.
Він мовчав і дивився прямо перед собою на батька.
Il semblait s'attendre à ce qu'il se passe quelque chose de
plus.
Здавалося, він очікував чогось більшого.
En fait, ses deux amis ont immédiatement eu la même idée.
Власне, у його двох друзів одразу ж виникла та сама ідея.
« Nous annulons également nos réservations de chambres »,
ont-ils déclaré à l'unisson.
«Ми також скасовуємо наші номери», – сказали вони
хором.
Il a alors saisi la poignée de la porte et l'a fermée.
Потім він схопився за дверну ручку та зачинив двері.
Et dans un grand fracas, ils s'enfermèrent dans leur chambre.
І з гучним гуркотом вони зачинилися у своїй кімнаті.
Le père s'est dirigé en titubant vers sa chaise, les mains
tâtonnantes.
Батько похитуючись, підійшов до свого стільця,
намацуючи руки.
Et il se laissa tomber sur la chaise, vaincu.
І він, розбитий, дозволив собі впасти на стілець.
On aurait dit qu'il allait faire sa sieste habituelle du soir.
Здавалося, що він збирався подрімати, як завжди, ввечері.
Mais sa tête hocha presque comme si elle n'était pas
soutenue.
Але його голова кивнула, ніби її не було підперто.
Et on pouvait voir qu'il ne dormait pas du tout.
І було видно, що він зовсім не спав.
Durant tout ce temps, Gregor n'avait pas bougé de sa place.
Весь цей час Грегор не рухався з місця.

Il était toujours là où les messieurs l'avaient aperçu pour la première fois.

Він все ще був там, де його вперше побачили джентльмени.

Même s'il avait voulu déménager, il trouvait cela impossible.

Навіть якби він хотів переїхати, він вважав це неможливим.

À cause de sa déception, ou à cause de sa faim.

Через його розчарування, або через його голод.

Il était déçu par l'échec de son plan.

Він був розчарований провалом свого плану.

Et il était affaibli par la faim persistante qu'il ressentait.

І він був слабкий від тривалого голоду, який відчував.

Il était certain que tout le monde se retournerait contre lui à tout moment.

Він був упевнений, що всі будь-якої миті обернуться проти нього.

C'est avec cette certitude d'un effondrement imminent qu'il attendit.

З цим очікуванням неминучого краху він чекав.

Le violon commença à glisser des genoux de sa mère.

Скрипка почала зісковзувати з колін матері.

Dans un fracas retentissant, le violon tomba au sol.

З гучним звуком скрипка впала на землю.

Mais même ce bruit soudain et fracassant ne l'a pas surpris.

Але навіть цей раптовий гуркіт його не налякав.

« Chers parents, dit la sœur, cela ne peut pas continuer. »

«Дорогі батьки, — сказала сестра, — так тривати не може».

Et elle a frappé du poing sur la table pour appuyer ses propos.

І вона ляснула рукою по столу, щоб підкреслити свою думку.

« Je ne prononcerai pas le nom de mon frère devant ce monstre. »

«Я не скажу імені свого брата перед цим чудовиськом».

« C'est pourquoi je le dis aussi crûment que possible : »

«Ось чому я кажу це якомога прямолінійніше:»

«Nous n'avons pas d'autre choix que de nous débarrasser de cet animal.»

«У нас немає іншого вибору, окрім як позбутися цієї тварини».

« Nous avons fait de notre mieux pour tolérer et prendre soin de cet animal. »

«Ми зробили все можливе, щоб терпіти цю тварину та піклуватися про неї».

« Je ne pense pas que quiconque puisse nous blâmer, même légèrement. »

«Я не думаю, що хтось може нас хоч трохи звинуватити».

« Elle a mille fois raison », a acquiescé le père.

«Вона має тисячу разів рацію», – погодився батько.

La mère n'avait pas encore complètement repris son souffle.

Мати ще не встигла повністю віддихатися.

Elle se mit à tousser sourdement dans sa main, la respiration lourde.

Вона почала глухо кашляти в руку, важко дихаючи.

Et une expression de folie commença à apparaître dans ses yeux.

І в її очах почав з'являтися божевільний вираз.

La sœur s'est précipitée vers sa mère et lui a pris le front.

Сестра кинулася до матері та схопилася за чоло.

Les paroles de la sœur semblaient inspirer le père.

Батька ніби надихнули слова сестри.

Et ses pensées semblaient plus claires qu'auparavant.

І його думки здалися яснішими, ніж раніше.

Il cessa d'acquiescer et se redressa.

Він перестав кивати головою та знову випростався.

Et il jouait avec la casquette de son serviteur, plongé dans ses pensées.

І він грався ковпаком свого слуги, заглиблений у роздуми.

Les assiettes des locataires étaient encore sur la table.

Тарілки від орендарів все ще були на столі.

Et il regardait parfois vers Gregor, qui restait silencieux.

І він іноді дивився на мовчазного Грегора.

« Nous devons essayer de nous en débarrasser », lui dit sa sœur.

«Ми повинні спробувати позбутися цього», – сказала йому сестра.

La mère était trop occupée à tousser pour écouter.

Мати була надто зайнята кашлем, щоб слухати.

« Ça va vous tuer tous les deux, je le vois déjà venir. »

«Це вб'є вас обох, я вже бачу, як це станеться».

«Nous ne pouvons pas tous continuer à travailler aussi dur que nous le faisons.»

«Ми не можемо всі продовжувати так наполегливо працювати, як працюємо».

« Et chaque jour, nous devons rentrer chez nous et subir ce supplice. »

«І щодня нам доводиться повертатися додому, щоб зазнати цих тортур».

« Nous n'en pouvons plus. Je n'en peux plus. »

«Ми більше не можемо цього терпіти. Я не можу цього терпіти».

Elle s'est effondrée dans les bras de sa mère, en larmes une dernière fois.

Вона впала до матері в останній сльози.

Les larmes coulèrent sur son visage et sur celui de sa mère.

Сльози падали по її обличчю та на обличчя її матері.

Et elle essuya ses larmes d'un geste machinal.

І вона механічним рухом витерла сльози.

« Mon enfant », dit le père d'une voix compatissante.

«Дитино моя», — сказав батько співчутливим голосом.

Il y avait une profonde sympathie et une grande compréhension dans sa voix.

У його голосі чулися глибоке співчуття та розуміння.

« Mais que devons-nous faire ? » avoua-t-il ne pas savoir.

«Але що ж нам робити?» — зізнався він, що не знає.

La sœur haussa simplement les épaules, impuissante.

Сестра лише безпорадно знизала плечима.

Et sa confiance d'antan fit de nouveau place aux larmes.

І її колишня впевненість знову змінилася сльозами.

« Si seulement il nous comprenait », dit le père à voix haute.

«Якби ж він нас розумів», — промовив батько вголос.

Et il se demandait à moitié si Gregor avait compris.

І він майже сумнівався, чи, можливо, Грегор зрозумів.

La sœur lui a secoué la main violemment en pleurant.

Сестра лише сильно потиснула їй руку, плачучи.

Elle a donc indiqué qu'il ne fallait pas envisager cette idée.

І тому вона дала зрозуміти, що про цю ідею не варто думати.

« Mais si seulement il nous comprenait », répéta le père.

«Але якби ж він нас зрозумів», — повторив батько.

Les yeux fermés, il réfléchit à la réponse de sa sœur.

Заплющивши очі, він обміркував відповідь сестри.

« S'il comprenait qu'un accord pouvait être conclu avec lui. »

«Якби він зрозумів, з ним можна було б домовитися».

« Mais vu la situation actuelle… »

«Але з огляду на те, що все так, як є…»

«Il faut l'enlever,» s'écria la sœur, «c'est la seule solution.»

«Треба піти!» — вигукнула сестра, — «це єдиний вихід».

«Il faut vous débarrasser de l'idée que c'est Gregor.»

«Тобі треба позбутися думки, що це Грегор».

« Notre véritable malheur, c'est d'y avoir cru si longtemps. »

«Те, що ми так довго в це вірили, — це наше справжнє нещастя».

« Mais comment est-ce possible que ce soit Gregor ? » demanda-t-elle à son père.

«Але як це може бути Грегор?» — спитала вона батька.

« Il savait qu'un tel animal ne pouvait pas coexister avec les humains. »

«Він знав, що така тварина не може співіснувати з людьми».

« Gregor nous aurait quittés depuis longtemps, volontairement. »

«Грегор давно б пішов від нас добровільно».

« C'est vrai, nous n'aurions alors plus de frère. »

«Це правда, тоді б у нас не було брата».

« Mais nous pourrions continuer à vivre et à honorer sa
mémoire. »

«Але ми могли б продовжувати жити та шанувати його
пам'ять».

« Mais cette bête nous poursuit et chasse nos locataires. »

«Але цей звір переслідує нас і проганяє наших орендарів».

« De toute évidence, il veut s'emparer de tout l'appartement.
»

«Воно, очевидно, хоче захопити всю квартиру».

« Cette bête veut nous faire dormir dans la rue. »

«Цей звір хоче змусити нас спати на вулиці».

« Regarde, papa, » s'écria-t-elle soudain, « il bouge à
nouveau ! »

«Дивіться, тату», — раптом вигукнула вона, — «він знову
рухається!»

Et elle fit quelque chose que même Gregor ne put
comprendre.

І вона зробила те, чого навіть Грегор не міг зрозуміти.

Elle se repoussa, comme pour sacrifier sa mère.

Вона відштовхнулася, ніби приносячи матір у жертву.

Et elle a couru derrière son père pour trouver une sorte de
sécurité.

І вона бігла за батьком, щоб якось захиститися.

Le père n'était agité que parce que sa fille l'était.

Батько був схвильований лише тому, що його донька була
схвильована.

Mais lui aussi se leva et leva les bras au-dessus d'elle.

Але потім він також встав і підняв над нею руки.

Mais Gregor n'avait aucune intention d'effrayer qui que ce
soit.

Але Грегор не мав наміру нікого лякати.

Il n'avait surtout aucune intention d'effrayer sa sœur.

Він особливо не думав лякати свою сестру.

Il essayait simplement de faire demi-tour pour retourner
dans sa chambre.

Він просто намагався повернутися до своєї кімнати.

Mais, compte tenu de l'aggravation de son état, même cela devenait difficile.

Але за його погіршення стану навіть це було важко.

Et il ne pouvait plus se servir pleinement de ses jambes.

І він більше не міг повноцінно використовувати всі свої ноги.

Il utilisa donc sa tête pour soulever son corps et se retourner.

Тож він використав голову, щоб підняти своє тіло та повернутись.

Il marqua une pause et chercha l'approbation de sa famille du regard.

Він замовк і озирнувся навколо, чекаючи схвалення родини.

Il semble que sa bonne intention ait été reconnue.

Здавалося, що його добрий намір був помічений.

Son mouvement ne leur avait procuré qu'un choc momentané.

Його рух був для них лише миттєвим шоком.

À présent, ils le regardaient tous en silence, visiblement malheureux.

Тепер усі дивилися на нього в невтішній мовчанці.

La mère était toujours allongée dans le fauteuil, épuisée.

Мати все ще лежала в кріслі, виснажена.

Le père et la sœur étaient assis l'un à côté de l'autre.

Батько та сестра сиділи поруч.

« Peut-être qu'ils me laisseront faire demi-tour maintenant », pensa Gregor.

«Можливо, тепер мені дозволять розвернутися», — подумав Грегор.

Et il continua à effectuer son mouvement de rotation maladroit.

І він продовжував робити свій незграбний поворотний рух.

Il ne pouvait réprimer les halètements occasionnels dus à l'effort.

Він не міг стримати час від часу здригаючись від напруги.

Et il a été contraint de se reposer à plusieurs reprises entre-temps.

І він був змушений кілька разів відпочивати між ними.

Plus personne ne le pressait ; c'était à lui de décider.

Ніхто не змушував його поспішати; все залишалося на його розсуд.

Finalement, il acheva ce virage lent et douloureux.

Зрештою він завершив повільний і болісний поворот.

Il se dirigea aussitôt vers sa chambre.

Він одразу ж почав йти прямо до своєї кімнати.

Il était stupéfait de la distance qui le séparait de sa chambre.

Він був вражений тим, як далеко він опинився від своєї кімнати.

Comment, malgré sa faiblesse, avait-il réussi à y parvenir auparavant ?

Як, попри свою слабкість, він опинився там раніше?

Il avait emprunté presque le même chemin sans s'en apercevoir.

Він пройшов майже тим самим шляхом, навіть не помітивши цього.

Il se concentrait simplement sur le fait de ramper aussi vite qu'il le pouvait.

Він просто зосередився на тому, щоб повзти якомога швидше.

L'absence de commentaires ne le dérangeait pas.

Відсутність коментарів від когось його не турбувала.

Ce n'est que lorsqu'il fut déjà à l'intérieur qu'il tourna la tête.

Тільки коли він уже був у дверях, він повернув голову.

Mais il n'a pas pu se retourner complètement.

Але він не зміг обернутися, щоб повністю озирнутися назад.

Car il sentit sa nuque se raidir encore davantage en se tournant.

Бо він відчув, як його шия ще більше заціпеніла, коли він повернувся.

Mais il constata que rien n'avait changé derrière lui.

Але він бачив, що позаду нього все одно нічого не
змінилося.
La seule différence, c'est que sa sœur s'était levée.
Єдина відмінність полягала в тому, що його сестра встала.
Son dernier regard lui montra que sa mère s'était endormie.
Його останній погляд показав, що мати заснула.
Dès qu'il fut entré dans sa chambre, la porte fut fermée.
Щойно він опинився у своїй кімнаті, двері зачинилися.
Et dès que la porte fut fermée, le verrouilla.
І щойно двері зачинилися, замок замкнули.
Gregor fut effrayé par le bruit inattendu derrière lui.
Грегора налякав неочікуваний шум позаду.
Et ses jambes fléchirent sous lui, surprises par la soudaineté.
І ноги підкосилися від раптової несподіванки.
C'est sa sœur qui s'était précipitée vers la porte derrière lui.
Це була сестра, яка кинулася до дверей за ним.
Elle s'était déjà dressée, et l'attendait.
Вона вже стояла там прямо і чекала на нього.
**Elle fit alors un petit saut en avant sans que Gregor ne
l'entende.**
Потім вона легко стрибнула вперед, і Грегор її не почув.
« Enfin ! » s'écria-t-elle en tournant la clé.
«Нарешті!» — гукнула вона вголос, повертаючи ключ.
**« Et maintenant ? » se demanda Gregor, seul dans
l'obscurité.**
«Що ж тепер?» — запитав себе Грегор, сам у темряві.
Il s'aperçut bientôt qu'il ne pouvait plus bouger du tout.
Невдовзі він зрозумів, що взагалі не може рухатися.
Mais son immobilité ne le surprenait pas vraiment.
Але його насправді не здивувала його нерухомість.
**Pouvoir se déplacer sur des jambes aussi fines semblait
ridicule.**
Здатність пересуватися на таких тонких ногах здавалася
смішною.
Il ne savait pas comment il avait pu y parvenir.
Він не знав, як йому це взагалі вдавалося.
Mais à part ça, il se sentait relativement à l'aise.

Але крім цього, він почувався відносно комфортно.

Il est vrai qu'il ressentait une douleur intense dans tout le corps.

Це правда, що він відчував сильний біль у всьому тілі.

Mais la douleur semblait s'atténuer de plus en plus.

Але біль, здавалося, ставав дедалі слабшим.

Et il avait l'impression que la douleur finirait par disparaître.

І він відчував, що біль нарешті зникне.

Il sentait à peine la pomme pourrie dans son dos.

Він уже майже не відчував гнилого яблука в спині.

Il repensa à sa famille avec émotion et amour.

Він згадував свою родину з емоціями та любов'ю.

Il ressentait les émotions de sa sœur encore plus intensément qu'elle.

Він відчував емоції сестри навіть більше, ніж вона сама.

Elle avait raison ; il devait partir.

Вона мала рацію в своїх словах: він мав піти.

Il passa quelque temps dans cet état désert et paisible.

Він провів деякий час у цьому порожньому та мирному стані.

L'horloge sonna trois fois, doucement mais fermement.

Годинник пробив тричі, тихо, але твердо.

Gregor fut doucement tiré de ses pensées.

Грегора обережно вирвали з його роздумів.

Il regarda la lumière du matin pénétrer lentement dans sa chambre.

Він спостерігав, як ранкове світло повільно проникає в його кімнату.

Puis sa tête s'affaissa complètement, malgré lui.

Потім його голова мимоволі повністю опустилася.

Et son dernier souffle s'échappa faiblement de ses narines.

І останній подих слабо вирвався з його ніздрів.

La femme de chambre est entrée dans sa chambre tôt le matin.

Покоївка зайшла до його кімнати рано-вранці.

Elle n'a rien trouvé d'inhabituel lors de sa courte visite habituelle.

Під час свого звичайного короткого візиту вона не виявила нічого незвичайного.

À bout de forces et dans la précipitation, elle claqua toutes les portes.

Зі знесилою та поспіхом вона грюкнула всіма дверима.

Il était impossible de dormir paisiblement dans tout l'appartement.

Спокійно спати в усій квартирі було неможливо.

On lui avait demandé d'éviter de faire cela le matin.

Її попросили не робити цього вранці.

Elle pensait qu'il restait allongé là, immobile, exprès.

Вона думала, що він навмисно лежить так нерухомо.

Peut-être voulait-il lui montrer qu'il était offensé.

Можливо, він хотів показати їй, що образився.

Elle lui faisait confiance et pensait qu'il était doté d'une intelligence hors du commun.

Вона довіряла йому, що він має всілякі інтелекти.

Il se trouve qu'elle tenait le long balai à la main.

Випадково вона тримала в руці довгу мітлу.

Alors, depuis la porte, elle essaya de chatouiller un peu Gregor.

Тож, стоячи біля дверей, вона спробувала трохи полоскотати Грегора.

Elle était un peu agacée qu'il ne réponde pas du tout.

Її трохи розлютило, що він взагалі не відповів.

Alors cette fois, elle le poussa un peu plus fermement.

Тож цього разу вона штовхнула його трохи міцніше.

Comme il n'opposait aucune résistance, elle l'examina de plus près.

Коли він не вчинив жодного опору, вона придивилася уважніше.

Elle comprit rapidement ce qui était réellement arrivé à Gregor.

Невдовзі вона зрозуміла, що насправді сталося з Грегором.

Elle ouvrit davantage les yeux et siffla pour elle-même.

Вона ширше розплющила очі й свиснула собі під ніс.

Mais elle n'a pas tardé à ouvrir la porte.

Але вона не гаяла багато часу, перш ніж відчинити двері.

Et elle cria d'une voix forte dans l'obscurité :

І вона гучним голосом вигукнула в темряву:

«Viens voir, il est là, complètement mort.»

«Ходімо та погляньте, ось воно лежить, зовсім мертве».

Les deux parents étaient assis bien droits dans leur lit conjugal.

Батьки сиділи прямо у своєму подружньому ліжку.

Il leur fallait d'abord surmonter le choc du bruit.

Спочатку їм довелося подолати шок від шуму.

Mais peu à peu, ils ont commencé à comprendre son message.

Але потім вони поступово почали розуміти її послання.

Monsieur et Madame Samsa ont chacun sauté de leur côté du lit.

Пан і пані Замза вистрибнули кожен зі свого боку ліжка.

M. Samsa jeta l'épaisse couverture sur ses épaules.

Пан Замза накинув на плечі товсту ковдру.

Et Mme Samsa sortit vêtue uniquement de sa chemise de nuit.

І пані Замза вийшла лише в нічній сорочці.

C'est ainsi qu'ils entrèrent dans la chambre de Gregor.

І так вони увійшли до кімнати Грегора.

Entre-temps, la porte du salon s'était également ouverte.

Тим часом двері до вітальні також відчинилися.

Grete y dormait depuis l'emménagement des locataires.

Грета спала там відтоді, як мешканці переїхали.

Elle était entièrement habillée comme si elle n'avait pas dormi du tout.

Вона була повністю одягнена, ніби зовсім не спала.

Son visage pâle semblait également témoigner de son manque de sommeil.

Її бліде обличчя також ніби свідчило про брак сну.

« Il est mort ? » demanda Mme Samsa en regardant la bonne.

«Він мертвий?» — спитала пані Замза, дивлячись на
покоївку.

Elle aurait pu le confirmer en le regardant elle-même.

Вона могла б переконатися в цьому, подивившись на нього
сама.

« Je le crois », dit la bonne en ramassant le balai.

— Гадаю, що так, — сказала служниця, піднімаючи віник.

**Et elle a poussé son corps sur une longue distance à travers
le sol.**

І вона довго штовхала його тіло по підлозі.

**Mme Samsa fit un mouvement comme si elle voulait
l'arrêter.**

Пані Замза зробила рух, ніби хотіла її зупинити.

Mais finalement, elle a laissé la bonne faire glisser Gregor.

Але зрештою вона дозволила покоївці повозити Грегора.

**« Eh bien, » dit M. Samsa, « enfin nous pouvons remercier
Dieu. »**

«Ну що ж, — сказав пан Замза, — нарешті ми можемо
подякувати Богові».

Il fit le signe de croix : tête, poitrine, épaules.

Він перехрестився: головою, грудьми, плечима.

Et les trois femmes suivirent son exemple religieux.

І три жінки наслідували його релігійний приклад.

Grete, qui ne quittait pas le cadavre des yeux, dit :

Грета, не відводячи очей від трупа, сказала:

**«Regardez comme il est maigre, il n'a pas mangé depuis si
longtemps.»**

«Подивись, який він схуд, він так давно не їв».

**« La nourriture que je lui laissais chaque matin restait
toujours intacte. »**

«Їжа, яку я залишав йому щоранку, завжди була
недоторканою».

En fait, le corps de Gregor était complètement plat et sec.

Насправді тіло Грегора було абсолютно плоским і сухим.

C'était plus visible maintenant qu'il était au sol.

Це було помітніше тепер, коли він був на землі.

Parce que son corps n'était plus soutenu par ses jambes.

Бо його тіло більше не могло триматися на ногах.
Et parce que rien d'autre ne venait distraire la vue.
А тому що більше нічого не відволікало погляд.
«Viens avec nous un moment, Grete», dit Mme Samsa.
«Ходімо до нас на хвилинку, Грето», — сказала пані Замза.
Un sourire douloureux se dessinait sur ses lèvres lorsqu'elle parlait.
На її губах грала болісна посмішка, коли вона говорила.
Grete les suivit, mais jeta aussi un coup d'œil en arrière au cadavre.
Грета пішла за ними, але також озирнулася на труп.
La bonne ferma la porte et ouvrit grand la fenêtre.
Покоївка зачинила двері та повністю відчинила вікно.
Il était encore tôt, l'air était donc normalement froid.
Було ще рано, тож повітря зазвичай мало бути холодним.
Mais il y avait aussi un mélange de chaleur dans l'air froid.
Але в холодному повітрі також відчувалася тепла.
Comme un doux rappel que c'était désormais la fin du mois de mars.
Як м'яке нагадування про те, що вже кінець березня.
Les trois locataires sortirent alors eux aussi de leur chambre.
Троє мешканців також вийшли зі своєї кімнати.
Ils cherchèrent leur petit-déjeuner avec étonnement.
Вони з подивом озирнулися навколо, чекаючи на свій сніданок.
Le petit-déjeuner a été oublié à cause de ce que la femme de chambre a trouvé.
Через те, що знайшла покоївка, про сніданок забули.
« Où est le petit-déjeuner ? » grommela l'homme du milieu.
«Де сніданок?» — пробурмотів середній джентльмен.
La bonne porta son doigt à sa bouche pour demander le silence.
Покоївка приклала палець до рота, наказуючи тишу.
Et elle salua les messieurs d'un geste rapide et silencieux.
І вона поспішно й мовчки помахала панам.
La servante fit entrer les trois messieurs dans la pièce.
Покоївка провела трьох джентльменів до кімнати.

Et elle a continué à leur expliquer ce qui s'était passé.

І вона продовжувала пояснювати їм, що сталося.

Et les trois messieurs se tinrent autour du corps de Gregor.

А троє панів стояли навколо тіла Грегора.

Les mains dans les poches, ils baissèrent les yeux.

Заклавши руки в кишені, вони дивилися вниз.

La lumière du matin inondait désormais complètement la pièce.

Ранкове світло вже повністю залило кімнату.

La porte de la chambre s'ouvrit alors et M. Samsa apparut.

Потім двері спальні відчинилися, і з'явився пан Замза.

D'un côté se trouvait sa femme, et de l'autre sa fille.

З одного боку була його дружина, а з іншого — донька.

M. Samsa portait déjà son uniforme.

Пан Замза вже був у формі.

On pouvait voir qu'ils avaient tous un peu pleuré.

Було видно, що всі вони трохи плакали.

Grete pressa son visage contre le bras de son père.

Грета притиснулася обличчям до руки батька.

« Quittez mon appartement immédiatement ! » ordonna M. Samsa.

«Негайно залиште мою квартиру!» — наказав пан Замза.

Et il désigna la porte sans laisser partir les femmes.

І він показав на двері, не відпускаючи жінок.

« Que voulez-vous dire ? » demanda l'intermédiaire, déconcerté.

«Що ви маєте на увазі?» — збентежено спитав посередник.

Et il fit de son mieux pour sourire gentiment à M. Samsa.

І він щосили намагався солодко посміхнутися пану Замзі.

Les deux autres tenaient leurs mains derrière leur dos.

Двоє інших тримали руки за спиною.

Et ils se frottèrent les mains d'impatience.

І вони потирали руки в передчутті.

Ils semblaient s'attendre à une violente dispute.

Здавалося, вони очікували гучної сварки.

Mais ils semblaient se réjouir de la dispute à venir.

Але вони, здавалося, були раді майбутній суперечці.

Ils pensaient que le litige tournerait à leur avantage.
Вони думали, що суперечка буде на їхню користь.
« Je maintiens exactement ce que je viens de dire », a
répondu M. Samsa.
«Я маю на увазі саме те, що щойно сказав», – відповів пан
Замза.
Il marchait en ligne droite avec ses deux compagnons.
Він йшов по прямій лінії зі своїми двома супутниками.
Et M. Samsa s'est adressé directement à leur responsable.
І пан Замза безпосередньо звернувся до їхнього провідного
джентльмена.
Le monsieur resta d'abord immobile, le regard fixé au sol.
Джентльмен спочатку зупинився, дивлячись у землю.
Le contenu de sa tête était encore en train de se réorganiser.
Вміст його голови все ще впорядковувався.
« Très bien, nous y allons », dit-il en levant les yeux vers M.
Samsa.
«Добре, ми підемо», — сказав він і подивився на пана
Замзу.
Une nouvelle humilité semblait l'avoir soudainement
envahi.
Здавалося, його раптово охопила нова смиренність.
Et il semblait demander la permission pour cette décision.
І він ніби просив дозволу на це рішення.
M. Samsa ouvrit grand les yeux et hocha légèrement la tête.
Пан Замза широко розплющив очі та злегка кивнув.
Les messieurs obéirent immédiatement à son ordre.
Панове негайно виконали його наказ.
Et ils ont effectivement fait de longues enjambées dans le
couloir.
І вони справді зробили довгі кроки в коридор.
Ses amis avaient déjà cessé de se frotter les mains.
Його друзі вже перестали потирати руки.
Ils avaient écouté le déroulement de la conversation.
Вони слухали, як проходила розмова.
Et maintenant, ils couraient après lui, comme pris de peur.
І вони тепер бігли за ним, ніби злякавшись.

M. Samsa pourrait encore les isoler de leur chef.

Пан Замза все ще може ізолювати їх від їхнього лідера.

Ils ont sorti leurs bâtons du récipient.

Вони витягли свої палички з контейнера для паличок.

Et ils s'inclinèrent en silence avant de quitter l'appartement.

І вони мовчки вклонилися, перш ніж вийти з квартири.

M. Samsa et les deux femmes sortirent sur le parvis.

Пан Замза та дві жінки вийшли на передній двір.

Mais en réalité, ils n'avaient aucune raison de se méfier de ces hommes.

Але насправді у них не було причин не довіряти чоловікам.

Ils s'appuyèrent sur la rambarde pour vérifier s'ils étaient partis.

Вони сперлися на перила, щоб перевірити, чи ті вже пішли.

Les trois messieurs descendaient effectivement les escaliers.

Троє джентльменів справді спускалися сходами.

Ils disparurent dans un virage de l'escalier.

За певним поворотом сходів вони зникли.

Puis l'escalier les ramena à la vue.

А потім сходи знову повернули їх у поле зору.

Ce phénomène d'apparition et de disparition se répétait à chaque étage.

Це з'явлення та зникнення повторювалося на кожному поверсі.

Mais finalement, ils étaient presque arrivés au fond.

Але зрештою вони майже дісталися дна.

Plus ils avançaient, moins ils étaient intéressants.

Чим далі вони йшли, тим менш цікавими вони ставали.

Tout le monde est rentré à la maison, comme soulagé.

Усі повернулися додому, ніби відчуваючи полегшення.

Ils décidèrent de profiter de la journée pour se reposer et aller se promener.

Вони вирішили використати цей день, щоб відпочити та прогулятися.

Ils estimaient avoir mérité cette pause dans leur travail.

Вони вважали, що заслужили на цю перерву в роботі.
Non seulement ils méritaient cette pause, mais ils en avaient besoin.
Вони не лише заслуговували на цю перерву, вони її потребували.
Ils s'assirent à table pour écrire des lettres d'excuses.
Вони сіли за стіл, щоб написати листи з вибаченнями.
M. Samsa a adressé une lettre d'excuses à sa direction.
Пан Замса написав листа з вибаченнями своєму керівництву.
Mme Samsa a écrit sa lettre d'excuses à ses clients.
Пані Замза написала листа з вибаченнями своїм клієнтам.
Et Grete a écrit sa lettre d'excuses à son directeur.
І Грета написала листа з вибаченнями своєму директору.
Pendant qu'ils écrivaient tous, la bonne entra dans la pièce.
Поки вони всі писали, до кімнати зайшла покоївка.
Son travail du matin était terminé, elle rentrait donc chez elle.
Її ранкова робота була закінчена, тож вона збиралася додому.
Les trois écrivains hochèrent d'abord la tête, sans lever les yeux.
Троє письменників спочатку кивнули, не підводячи очей.
Mais la bonne ne semblait pas encore vouloir partir.
Але покоївка, здавалося, ще не хотіла йти.
Elle attendit un peu, jusqu'à ce que les trois écrivains lèvent les yeux.
Вона трохи зачекала, поки троє письменників підвели погляди.
« Eh bien ? » demanda M. Samsa, en colère, comme l'étaient les autres.
«Ну?» — спитав пан Замза, розгніваний, як і інші.
La bonne se tenait sur le seuil, un sourire aux lèvres.
Покоївка стояла у дверях з посмішкою на обличчі.
Elle donnait l'impression d'avoir de bonnes nouvelles à annoncer.

Вона справляла враження, що має повідомити добрі новини.

Mais elle n'allait pas partager la nouvelle à moins qu'on ne le lui demande.

Але вона не збиралася ділитися новинами, якщо її не попросять.

La plume d'autruche dressée sur son chapeau oscillait légèrement.

Вертикальне страусине перо на її капелюсі злегка погойдувалось.

Cette plume d'autruche avait toujours agacé M. Samsa.

Те страусине перо завжди дратувало пана Замзу.

« Alors, que voulez-vous ? » demanda Mme Samsa, d'un ton ferme.

«То чого ж ви хочете?» — твердо спитала пані Замза.

La bonne avait encore beaucoup de respect pour Mme Samsa.

Покоївка все ще дуже поважала пані Замзу.

« Oui », répondit-elle, et elle éclata d'un rire amical.

«Так», – відповіла вона і дружньо розсміялася.

Un instant, son rire l'empêcha de parler.

На мить її сміх зупинив її.

« Tu n'as pas à t'inquiéter pour ce qui se passe chez le voisin. »

«Тобі не потрібно турбуватися про ту штуку по сусідству».

« J'ai déjà prévu comment nous allons nous en débarrasser. »

«Я вже домовився, як ми цього позбудемося».

Mme Samsa et Grete continuèrent à écrire leurs lettres.

Пані Замза та Грета продовжували писати свої листи.

Mais M. Samsa remarqua que la bonne n'avait pas encore terminé.

Але пан Замза помітив, що покоївка ще не закінчила.

Elle voulait maintenant tout décrire plus en détail.

Тепер вона хотіла описати все детальніше.

Mais il tendit la main pour repousser ses avances.

Але він простягнув руку, щоб відхилити її зусилля.

Elle s'est rendu compte qu'ils n'étaient pas intéressés par ses projets.

Вона зрозуміла, що їх не цікавлять її плани.

Et puis elle se souvint de la grande précipitation dans laquelle elle avait été.

І тоді вона згадала, як сильно поспішала.

« Ciao alors », dit-elle, insultée par ce manque d'intérêt.

«Тоді чао», — сказала вона, ображена відсутністю інтересу.

Mais avant de partir, elle a claqué la porte très fort.

Але перед тим, як піти, вона жахливо сильно грюкнула дверима.

« Elle sera licenciée ce soir », a déclaré M. Samsa.

«Її звільнять увечері», — сказав пан Замза.

Mais sa femme et sa fille étaient trop occupées pour lui répondre.

Але його дружина та донька були надто зайняті, щоб відповісти йому.

Parce que la bonne avait troublé leur paix nouvellement acquise.

Бо служниця порушила їхній щойно здобутий спокій.

La mère et la fille se levèrent pour aller à la fenêtre.

Мати й донька встали, щоб підійти до вікна.

Et, enlacés, ils restèrent là.

І, обійнявши одне одного, вони залишилися там.

M. Samsa se tourna sur sa chaise pour les regarder.

Пан Замза обернувся на стільці, щоб подивитися на них.

Et pendant un moment, il les observa en silence, immobiles là.

І якийсь час він мовчки спостерігав за ними, які стояли там.

Finalement, il leur cria : « Viendrez-vous à moi ? »

Нарешті він гукнув до них: «Ви підете до мене?»

«Oublions tout ça, d'accord ?»

«Давай забудемо про всі ці старі справи, добре?»

«Viens à moi et accorde-moi un peu d'attention.»

«Підійди до мене та приділи мені трохи своєї уваги».

Les deux femmes firent ce qu'il leur avait dit et se précipitèrent vers lui.

Дві жінки зробили, як він сказав, і кинулися до нього.

Ils lui ont fait une accolade affectueuse et l'ont embrassé.

Вони ніжно обійняли його й поцілували.

Ils retournèrent rapidement pour terminer la rédaction de leurs lettres.

Вони швидко повернулися, щоб закінчити писати свої листи.

Puis, tous les trois, ils quittèrent l'appartement ensemble.

Потім усі троє разом вийшли з квартири.

Ils n'étaient pas sortis ensemble depuis des mois.

Вони не виходили разом з дому кілька місяців.

Et ils prirent le tramway jusqu'à la périphérie de la ville.

І вони поїхали трамваєм на околицю міста.

Ils avaient toute la rame du tramway pour eux seuls.

Весь вагон трамвая був у їхньому розпорядженні.

La lumière du soleil inondait la pièce par la fenêtre.

Сонячне світло заливалося крізь вікно ззовні.

La famille se cala confortablement dans ses sièges.

Родина зручно вмостилася на своїх місцях.

Et ils ont discuté de leurs perspectives d'avenir.

І вони обговорили перспективи свого майбутнього.

À y regarder de plus près, leurs perspectives n'étaient pas mauvaises.

При детальнішому розгляді їхні перспективи виявилися непоганими.

Tous les trois occupaient des emplois qui leur permettraient de gagner davantage.

Усі троє мали роботу з потенціалом для більшого заробітку.

Ils ne s'étaient jamais interrogés l'un sur l'autre concernant leur travail.

Вони ніколи не питали одне одного про свою роботу.

Mais maintenant, ils avaient enfin le temps de discuter de ces choses-là.

Але тепер у них нарешті з'явився час обговорити такі речі.

Ils avaient également la possibilité de déménager dans un appartement plus petit.

Вони також мали можливість переїхати до меншої квартири.

Cela aurait le plus grand impact sur leur vie.

Це мало б найбільший вплив на їхнє життя.

Leur appartement actuel avait été choisi par Gregor.

Їхню нинішню квартиру обрав Грегор.

Mais maintenant, ils pourraient déménager dans un endroit plus abordable.

Але тепер вони могли переїхати кудись дешевше.

Un appartement plus petit, mais dans un endroit plus pratique.

Менша квартира, але десь практичніше.

Parler de l'avenir a redonné vie à Grete.

Розмови про майбутнє знову оживили Грету.

Monsieur et Madame Samsa ont également remarqué d'autres changements chez elle.

Пан і пані Замза помітили в ній й інші зміни.

Ses joues étaient devenues pâles à cause de tous ses soucis.

Її щоки зблідли від усіх турбот.

Mais à présent, leur fille s'épanouissait et devenait une femme remarquable.

Але тепер їхня донька розквітала і перетворювалася на чудову жінку.

C'était vraiment une belle et jolie jeune femme, maintenant.

Вона справді була тепер міцної статури та вродливої молодої жінки.

Ses parents se turent et admirèrent leur fille.

Її батьки замовкли та захоплювалися своєю донькою.

Ils échangèrent un regard, communiquant inconsciemment.

Вони переглядалися, несвідомо спілкуючись.

« Il sera bientôt temps de lui trouver un homme bien. »

«Скоро настане час знайти для неї хорошого чоловіка».

Le tramway était arrivé à destination et avait ralenti.

Трамвай доїхав до місця призначення та сповільнив рух.

Leur fille semblait confirmer leurs nouveaux rêves.

Здавалося, що їхня донька підтверджувала їхні нові мрії.

Elle fut la première à se lever et à étirer son jeune corps.

Вона першою встала та потягнулася своїм молодим тілом.

www.ingramcontent.com/pod-product-compliance
Lightning Source LLC
Chambersburg PA
CBHW011039190726
48290CB00011B/2930

* 9 7 8 1 8 3 5 6 6 9 0 2 0 *